新潮文庫

首無館の殺人

月原　渉著

新潮社版

11008

contents

過去の記憶が蘇《よみがえ》るとき、それは必ずしも事実の通りとは限らない。

マルセル・プルースト

首無館の殺人

Murder of Kubinashiyakata

Wataru Tsukihara

宇江神家《うえがみ》は、横濱《よこはま》の祠乃沢《しのざわ》という地に在る商家だ。
創始から明治の世まで貿易商として栄えたが、宇江神和意《かずい》の代になって衰えた。
和意は商才に乏しく、後継ぎとなる息子にも恵まれず、子宝は一人娘の華煉《かれん》のみ。
前当主の宇江神和一郎《かずいちろう》は息子のふがいなさを嘆き、ある行動に出る。
齢《よわい》六十を超えて、若い妻を娶《めと》ったのだ。
そして、枯れた老人は子を成すことなく逝《ゆ》き、若い妻が残った。
彼女は主家《しゅけ》夫人と呼ばれた。

——明治。
これはその宇江神家で起こった奇怪な出来事。
首無館の謎《なぞ》めいた事件——

――一八××年、春。

其の一　亡失

はじめに恐ろしい不安があった。

わたしはやわらかな寝台に横たわっている。

豪奢《ごうしゃ》な天蓋《てんがい》がつき、まるで華族の寝所だ。身につけている夜着は、滑らかな布の感触で、庶民に手の届かない品。敷布から、夜の名残香とともに　甘く昏《くら》い異臭が漂う。薄暗がりの中、寝台の脇《わき》に置かれた洋燈《ランプ》がぼんやりとした光を投げかけ、すべてを影絵のように見せていた。

そう、それはいい。その状況は理解できる。

でも、わからない、思い出せない。

わたしがどうして、こんなところで横たわっているのか、どうしてこんな格好をしているのか、そしてなにより、わたしはいったい誰なのか。

どんな顔をしているのか、どんな体型なのか、どんな声をしているのか。もっと切実なのが、わたしの名前だ。

——わたしはいったい誰？

自分が何者で、どこにいるのかわからない。不安で胸が押しつぶされそう。体は重く、鈍い頭痛があった。

何度か目を瞬《しばた》かせ、視界に入るものを理解しようと努める。焦燥に似た感情を抱えたまま、そうせざるを得なかった。

涙が滲《にじ》んだ。

思わず、口から声が漏れた。

それを聞きつけた足音が近づく。影のような人物が寝台の側《そば》に立った。

「……お目覚めでございます」

感情の無い声が、そう告げる。

周囲に人が集まってきた。

何人かの男女が、わたしの目覚めを待っていたらしい。寝台の周囲に集まった人々は、横たわるわたしの顔を覗《のぞ》き込んだ。

色々な人たちが顔をよせ、異様に熱を帯びた眼差《まなざ》しで、わたしを見下ろした。

皆が、何か云《い》いたそうにしながら、きっかけをつかめず無言を貫いている。

息苦しかった。

不安を抑えきれず、

「ここはどこ？　わたしは誰？」

滑稽《こっけい》なほど単純な問いが口をついて出た。

寝台の周囲でわたしを見下ろしていた人たちは、驚いた様子を見せた。狼狽《ろうばい》し、意味深長な眼差しを交わす。

「わたしは誰なの？」

もう一度、わたしは聞いた。

教えて欲しかった。自分がいったい何者なのか、どうしてここにいるのか。それがわかれば、思い出せれば、この不安から解放されるかもしれない。

救いを求め、わたしは周囲の人々の顔を見た。

集まっていた人々は身を退き、口早にささやきを交わした。「忘れている？」、「どうしていったい？」、「信じられるのか？」、「もしそうなら――」

顔を寄せ合っていた人々が、再びこちらを向いた。

「――都合が良い」

それをきっかけに、中心にいた紳士が一歩前へ歩み出た。

「忘れてしまっているのかね？　すべて思い出せないのかね？」

「思い出せません。自分が誰なのか、ここがどこなのか、すべて……」

わたしの答えに、紳士はうなずいた。どこか満足げに思われたのは、錯覚だろうか。

「お前は、わしの娘だ」

「わたしが、あなたの？　では、あなたはわたしのお父様？」

「そうだ、血を分けた実の親子なのだよ」

「あなたが、お父様……」

安堵《あんど》を覚えた。わたしには家族がいて、ここは家族の集う場所。

でも、信じて良いのだろうか。わたしは何も憶《おぼ》えていない。目の前の人物が真実を話しているなんて、そんな保証はどこにもない。もし、誤りや偽りだとしたら――

――わからない。

信じることも疑うことも、今のわたしには難しかった。頭が痛い。どうして、こんなにも思考が乱れるんだろう。

「ここは宇江神家――」

父と名乗った男は続ける。

「――宇江神華煉、それがお前の名だ」

「うえがみ、かれん」

ゆっくりとそう口にしてみた。

認識は頭の中へと染《し》みこんでいった。

其の二　宇江神家の娘

わたしには目覚める前の記憶がない。

横濱の祠乃沢、宇江神家で目覚めてから一ヶ月が経《た》っていた。

覚醒した頃は、頭の中が混乱した。周囲のものが信じられず、ただ怯《おび》えているばかりだった。それでも不思議と、毎朝陽光を浴び、日が暮れて夜を迎え、また朝になるたびに、平静を取り戻していった。

時間が経っても、目覚める以前のことは相変わらず思い出せないので、家族の話から得られる情報で、少しずつ自分自身を理解した。

自分の名前、自分がこの家にいたということ。

残された少ない記憶は、幼少期のおぼろげなものばかりだ。

そして、わずかな幼少期の記憶の中でも、家族の顔には靄《もや》がかかっていてはっきりしない。思い出そうとすると、頭痛で思考が乱れた。

——知りたい、過去の自分を。

そのために、手がかりが必要だ。

わたし自身が歩んできた道筋には、必ずわたし自身が残した足跡があるはず。そう考えて、わたしは自分の部屋を探してみた。

写真はおろか、日記帳の類《たぐい》もない。戸棚や机の抽斗《ひきだし》の中は、綺麗に拭《ぬぐ》われて何一つ残されていない。普通なら存在するはずの思い出深い品の数々。着なれた服の感触も、過去の匂いを封じた小箱も、そこにありはしなかった。まるで、誰かがわたしの痕跡《こんせき》を記憶ごと消し去っていったかのように。

ただ、何も収穫がないわけでもなかった。

捜索に疲れ、わたしは簞笥《たんす》に寄りかかって嘆息した。この無為な行いを終えようとしたときだ。うつむいた拍子に、簞笥と机の合間に、何かが落ちているのに気がついた。

わずかな隙間《すきま》で、男性であれば手を差し入れることはできなかっただろう。わたしは、右手で隙間を探って摑《つか》み取ることができた。

白い封筒で、角が汚れていたけれど、そんなに昔の品ではない。表には宛名がきちんと書かれ、それが出されることのなかった手紙であるのがわかった。

差出人は、宇江神華煉《かれん》。

宛名は、香呂河唯《こうろかゆい》さま、とある。

香呂河家は、宇江神家の遠戚《えんせき》にあたる。あとで調べたところ、香呂河唯は、わたしと同年代の娘で、遠戚関係から仲が良かったそうだ。

過去の自分が、遠戚の仲の良い娘にあてた手紙。

それは過去を失ったわたしにとって、貴重な記憶の手がかりになるはず。封筒を開いて中身を確認すると、数枚の便箋《びんせん》が入っていて、予想通り仲の良い娘にあてた日常の話題が書かれていた。

わたしは、それで自分にまつわる情報、過去の一端を知ることができた。

少し気持ちは軽くなった。

記憶の欠落部分に、あてはめられる欠片《かけら》を得られたのは大きかった。

でも、完全ではない。わたしは、そういうふうにして自分自身を探す日常を送っていた。


わたしの記憶の欠落を、周囲はあまり問題にしなかった。こういう云い方は語弊があるかもしれないけれど、家族はわたしに関心をよせていない。

これは、わたしが元々病気がちなことと関係する。体が弱く、外に出ない気性であったため、記憶を失って引きこもりがちになっても、以前と変わりない状況だったらしい。

幸いというか、宇江神家は金満で、そうした人間がいてもさほど困らない。それにしても、世話をする人間は必要で、新しく使用人が雇われることになった。

うららかな春の午後、新しく来る使用人が紹介されるというので、わたしは応接室で待っていた。少し退屈して、眠気を感じる。うつらうつらして、ふいに戸口の方を見ると、彼女が立っていた。

戸口に立つ女性は、藍《あい》色の服に白い前掛けを身につけている。髪は洋装に合うよう束髪で、英吉利《イギリス》結びにまとめられていた。結びを解けば、きっと艶《つや》やかな髪がこぼれるにちがいない。

白磁のような肌は、あきらかにわたしたちの血筋と出身の違いを感じさせる。わたしはそうした肌の人を見るのは初めて――記憶を失っているとはいえ――だったので、白粉《おしろい》を塗るのとは性質の違う美しさに見とれた。

頭の先から、袖、つま先にいたるまで、しゃんとしている。驚くほど姿勢が良く、そしてそれが自然に見えた。かしこまっていて、どこにも不健全さはないけれど、襟元からうなじにかけての、長く綺麗な首の曲線からは年頃の女性らしい魅力が感じられた。

顔は人形めいて整っているが、双眸《そうぼう》は強い意志がある。お仕着せの下女ではあり得ない、その灰青色の瞳は、異国の血筋が強く感じられた。

彼女が入室したとき、かすかに変わった香りがした。花の匂いで、嫌な心地はしなかったのだけれど、それが何の花の香りなのか、わたしはすぐに思い当たらなかった。花の香りには、蜜のような甘さがあり、彼女自身の無機質な美貌に、人間らしさが加味されていた。

　きっと、わざと匂いをつけて、自分を他人に印象付けて魅せているのだろうと、わたしは考えた。それはほんのかすかな隠し味のようなもので、使用人としての立場を越えない範疇《はんちゅう》に、うまく収まっていた。

「失礼いたします」

　きちんと一礼して、こちらへ視線を向ける。

「あなたが？」

「はい。香呂河の紹介で参りました。栗花落《つゆり》静《しずか》でございます」

「ツユリ、シズカさん……」

「シズカ、とお呼び下さいませ、お嬢様」

　シズカさんは、そう流暢《りゅうちょう》に云った。

「わたしは華煉。……お嬢様ではなく、名前の方で呼んでほしいのだけれど」

「Да《ダー》（はい）」

「え？」

「かしこまりました、お嬢様」

　彼女は澄まし顔で云った。わたしは笑ってしまう。

　変なところで融通がきかないのが、なんだかおかしかった。

宇江神家にやってきた新しい使用人は、とても謎めいていた。わたしは、記憶という過去を失っていたのだけれど、彼女も似たような感じがした。過去を切り捨てて生きている。彼女を見ていると、そんな思いを抱くことが多かった。

整った容姿で、衣服もきちんとしている。袖口から裾《すそ》まで、火熨斗《ひのし》でしわを丁寧にのばしてあった。どこにも隙はなく、無駄口のひとつもなかった。そういうところを、少し息苦しく感じたときもあった。なにせ、冗談話のひとつもしない人だから。

けれど、そうした印象も最初のうちだけ。

ある日のことだ。

わたしは最近得た友人を迎え入れる準備をしていた。自室の窓を開けると、友人は会いに来てくれる。森に棲《す》んでいる三毛の美しい子だ。二階にもかかわらず、雨どいを伝って上ってくる。そうして開いた窓の枠に腰かけて、金色の瞳でこちらを見つめる。

わたしはやってきた友人に声をかけ、背を撫《な》でて毛並みの感触を楽しんだ。それから、厨房《ちゅうぼう》から失敬してきた小魚を進呈するのが日課になっていた。

部屋の扉が叩《たた》かれた。わたしは慌《あわ》てたけれど、もう遅かった。シズカさんが室内に踏み入り、こちらを見とがめて足を止めた。

「猫でございますか」

「追い払ったりしないで」

わたしは彼女にお願いした。シズカさんは猫を見てから視線をさ迷わせ、唇を何度か開け閉めして、それから胸元に手をあてて目をつぶった。その仕草は、どうも普段の彼女らしくなかった。

「シズカさん？」

「……なんでもございません。お嬢様、厨房から小魚を持ち出している件、九条が怪しんでおります。食べ物を与えたいのであれば、わたくしにお申し付けくださいませ」

「わかったわ」

わたしは、シズカさんの態度や表情を見て、思うところがあった。友人を抱き上げると、彼女に向かって差し出す。

「可愛いでしょう？」

「……くしゅん」

シズカさんは、小さくくしゃみをした。ぶるっと体を震わせて一歩下がる。

「猫、苦手なの？」

「体質でございます。どうもその動物とは、相性が良くないようで」

彼女はそう云った。猫はわたしの手から床へ下りると、シズカさんの足元でじゃれついた。使用人は直立不動。かかしのように、ぴんとしている。

「体質だけではなさそう」

「お嬢様……」

シズカさんの抗議を受け、わたしは友人を抱き上げると、窓辺に運んだ。猫は少しの間、わたしの手に頭を擦りつけ、ひと鳴きしてから外へ出て行った。

「貴女《あなた》にも苦手があるのね」

ちょっと意外に感じた。

「御内密にお願いいたします。色々と支障のあることもございますので」

「そうね。ええ、そうしましょう」

二人だけの秘密。

近寄り難い雰囲気の彼女が、少し理解できたような気もした。

わたしはこの女性にとても興味を抱いた。見た目は、たぶんにこの国の人ではない。けれど、話し方はとても自然。

「シズカさんは、異国の人なの？」

「そうではございません。この国の者です」

「でも――」

「母方にそのような血筋の者がいるのでございます」

「そう、珍しいのね。こんな云い方、失礼じゃないといいのだけれど」

「わたくしは気にしません」

午後の日射《ひざ》しが、やわらかく足下に落ちている。新しくやってきた使用人の顔に陰が差した。そして、無言で歩み寄ってきた。

長椅子に座ったわたしの手に、彼女の白い手が重なる。

「お嬢様、お寂しかったでしょう。これから当分は、わたくしがご一緒いたしますので、何も心配はございません。香呂河家からは、よくお仕えするようにと申し付かっております。わたくしはそのような役割なのです」

間近で見た彼女の顔は、日溜《ひだ》まりのように心地良く微笑していた。清潔な綿布と紅茶と、彼女のつける甘い花の香りが匂った。

「ええ……」

わたしはうなずいて、彼女の手を握りかえした。

とても冷たくて、柔らかい手。

——後になって、シズカさんはめったに笑顔を見せない人なのだと知った。わたしと二人だけの時には、笑みを浮かべたりしたけれど、他はまったく無表情で通した。

時々、他人に見せる笑みは、わたしと一緒の時とは性質のちがうものだった。

それは恐ろしい出来事のときだけに見せる笑みだ——

其の三　主家夫人

宇江神華煉から香呂河唯へあてた手紙にはこうある。

『宇江神家で、もっとも力を持つのは主家夫人。

宇江神玲ヰ華《れいか》は、この家で主家夫人と呼ばれている。当主の妻は、わたしの母なのだけれど、母は亡くなった。だから、現在の家の主《あるじ》は、先代の妻である玲ヰ華夫人であるというのが周囲の理解よ』

手紙の記述には、自分のおかれた状況に対する本音が垣間見える。わたしは、どうも主家夫人に複雑な感情を抱いていた様子だ。

『これは継母に抱く感情に似ているのかもしれない。あるいは義理の姉に抱くそれに近いかもしれない。自分の場所に、異物が入ってくる感覚。日常生活では特に我慢できないこともある。主家夫人が愛用している煙管《キセル》だ。あれだけは苦手で、実際、抗議したこともある。彼女は左手に持った煙管を口元から離し、わたしの前では吸わないと約束してくれたけれど、悪癖を直す気はなさそう』

　主家夫人は、わたしの祖母という位置づけになるだろうか。血がつながらないのにおかしな関係になってしまうが、そもそも祖父が後妻として若い女性を娶《めと》ること自体が常軌を逸している。それだけでも家内の人間関係の不穏さがうかがえた。

『前当主の寵愛《ちょうあい》を受け、玲ヰ華は宇江神家の中で絶大な力を得たの。父は彼女に逆らうことはしないし、家人の誰も彼女を諌《いさ》めようとはしない。だから、玲ヰ華は宇江神家の女主人という地位に収まり、家内すべてを取り仕切っている』

　わたしの目に映る主家夫人は、色白で細身だけれど、肉感的な人。均整がとれていて、綺麗だ。彼女を見た誰もがそう思うだろう。それぐらい、はっと人目を惹《ひ》くところがあった。


　──朝食の席でのことだ。

　血圧の低い主家夫人は気だるげにお茶を口にし、憂鬱《ゆううつ》そうに男たちへ視線を向ける。下がり気味の眦《めじり》と泣き黒子《ぼくろ》、媚態《びたい》は関心を惹く。同性のわたしですら、彼女のちょっとした仕草にどきりとする。

　主家夫人のほうが、わたしをどう考えているのかはよくわからなかった。彼女は、朝食を終えると、食堂の窓際に座り、長くお茶を楽しむ。

　そういうとき、気まぐれにわたしを誘い、

「貴女もこちらへいらっしゃいな。自室にこもってばかりいるなんて不健康よ。もうお体の具合はよろしいのでしょう？」

「はい。だいぶ恢復《かいふく》してきました」

わたしは応じて主家夫人の対面に腰かけた。薄化粧をした主家夫人は、いかにも女主人然として、

「何か思い出されて？」

「いえ、幼いころのことは、おぼろげに思い出されるのですけど、最近のことはまったく欠落してしまっていて……」

「無理ないかもしれませんね。貴女はひどい熱病に罹《かか》って、何日も生死の境をさまよったのです」

「熱病……」

「居留地から出た悪い病気に罹ってしまったのでしょう。すっかり痩《や》せてしまってね。そのうちに悪化して、医者もさじを投げたのですよ」

主家夫人は、憂《うれ》いのある眼差しを向け、

「おまけに、熱に浮かされて寝床から這《は》い出たようでね。階段の踊り場から落ちて、頭を打ってしまったんですよ。看病していた使用人の不注意ですけれど。そうしたことがあって、記憶に不確かなところが出てしまってもやむを得ないかもしれません」

「そうでしたか」

わたしは主家夫人の説明を聞きながら、どこかふに落ちないものを感じた。確かに、目覚めてから体調不良を感じている。それは熱病の後遺症かもしれない。頭を打ったせいで、記憶が失われたという話もうなずける。

けれど——

「家人は、皆、貴女が助かったのを奇跡だと喜んでいます。ですから、もう無理はされぬよう、ゆっくりと養生なさい」

「はい」

わたしがうなずくと、主家夫人は微笑した。

柔らかな日の光が、彼女の髪を艶々《つやつや》と輝かせている。豊かな巻き髪が、葡萄《ぶどう》の房のように垂れていた。欧州の貴族を模したという髪型は、ほりの深い主家夫人の顔立ちによく似合っていた。

わからなかった。綺麗で、親切な女性であるというのが、目覚めたわたしの印象だ。手紙では、主家夫人は祖父を籠絡《ろうらく》して家に入り込んだ油断のならない人物。目の前の女性がそうであるとは、わたしには信じがたかった。

文章で綴《つづ》る人の印象と、実際とは違っているのだろうか。その可能性はじゅうぶんにあり得たので、わたしは彼女に対する態度を保留にしていた。

主家夫人はわたしの返事に満足して、手元に置いていた漆塗りの盆を引き寄せる。

煙草《タバコ》入れで、中に煙管が入っていた。

それは小ぶりな女物で、羅宇《ラオ》に繊細な金細工が施してあった。彼女は右手でつまむようにして吸い口のあたりを持った。

「煙管というのは、この国の文化なのだけれど、異国にも似たようなものがあってね。これは、そうした西洋式に似せて、職人につくらせたの。火皿が少し大きいでしょう。長く、ゆっくりと煙草を楽しめるのよ」

変わった香りが鼻先で匂った。

「奥様」

そばに控えていたシズカさんが声を上げた。主家夫人は煙管を持ったまま手を止めた。

「なんです？」

「お嬢様はまだ完全に恢復されていません。お煙草は、ご遠慮くださいませ」

シズカさんがそう云うと、主家夫人は少しだけ眉根《まゆね》を寄せた。家人に対する使用人の態度として、出過ぎた真似だと考えたのだろう。

主家夫人は、口に出さないけれど、普段からシズカさんを快く思っていない。理由は定かでないが、気の強い人は、自分と似た性格の人を身辺に置きたくないと考える。きっと同じようなものなのだろう。気にくわなくても何も云《い》わないのは、この使用人が、まったく恐ろしいほど高性能だからだ。

食事の支度、掃除に洗濯、家内の仕事を完璧《かんぺき》にこなして、家人の誰もが、シズカさんの有能さに舌を巻いた。

「……まあ、いいでしょう。貴女の仕事は良くできてますからね」

「おそれいります」

シズカさんは、折り目正しく一礼した。

その理想的な使用人の態度に、主家夫人も鷹揚《おうよう》にうなずく。

「ごめんなさい。お煙草なら、わたしは自室へ戻りますので」

「そう？　気を遣わせてしまって悪かったわね」

主家夫人は、煙管を手の中で弄《もてあそ》んでいる。喫煙を我慢する気はないようだ。

わたしは、そそくさと退室した。

「シズカさん、ごめんなさい、わたしのせいで主家夫人の機嫌を損ねてしまって」

「お気遣いは無用でございます」

「自室で大人しくしていたほうがいいのかしら……」

「お嬢様は、お体を恢復させ、失われた記憶を取り戻すことを第一にお考えになればよろしいのです」

シズカさんは、そう感情無く云った。

祠乃沢の館は、各棟の間に回廊が走り、四つの支点となる建築がそれを結んでいる。上から見れば、四角形の形をしていると云えば、わかりやすいだろうか。

重厚な西洋の石造りと、この国の職人によって増築された混合様式で、どちらかというと擬洋風建築といった趣だ。

元は欧州の建築物で、横濱の居留地に移築される予定のものを、先代当主の宇江神和一郎が気に入って買い取り、増築と趣向を凝らして祠乃沢に建て直した。

特徴的なのは、屋根のそこかしこに配置された石像鬼《ガーゴイル》だ。この怪物は欧州の設計者の稚気によるものだろうが、移築した主が怪物の醜悪な面構えを厭《いと》い、頭部を取り去ってしまった。このため、祠乃沢の館は別名でも呼ばれる。

――首無館と。

わたしは、南棟にある食堂を出て廊下で立ち止まった。南棟は、主に食堂や喫茶室、厨房や浴室などがある棟だ。棟内は、黒色に室内装飾や壁紙が統一されていた。この色調の統一は、各棟によって異なる。各棟を回廊でつなぐ構造の祠乃沢の館は、内部を歩き回っていると、自分のいる場所がわかりにくい。それで、このように各棟で特徴的な配色を行っていた。

少し歩き回りたい気持ちになっていた。幸い、目覚めてから続いていた体調不良も良くなってきている。それで、西棟の自室とは反対の、東棟へ続く回廊へ足を向けた。

シズカさんは、黙ってついてきてくれる。館の各棟を繋《つな》ぐ回廊には、外壁に面した壁に一定間隔で窓がある。射《さ》し込む陽光にあたるたび、彼女の真白な前掛けが輝いて映えた。

東棟に到着した。棟内は、赤色に統一されている。

東棟は、一階が使用人たちの私室、二階には主家夫人の部屋がある。本来、宇江神家が家族で使うのは西棟なのだけれど、主家夫人は洋服の着付けや、細々とした用事で頻繁に使用人を呼びつけるため、利便性を考慮してこちらに部屋がある。

どこからか弦を爪弾《つまび》くような音がした。

不思議に思っていると——

ちょうど、廊下を執事の九条孝作《こうさく》がやってきた。

年は三十で、なかなか男ぶりが良い。愛想のある人ではないのだけれど、日頃から丁寧な物腰で、色々と気を利《き》かせてくれる。表面的な態度にはあらわれないだけで、優しい人ではないかと、わたしは考えていた。

「どうかされましたか？」

九条は、わたしを見て云った。わたしが階段の上を見ていたので、主家夫人に用事でもあるのかと考えたのだろう。

「いえ、別に何もありません」

「そうですか――」

九条は、ちらりと階上を見て、

「――主家夫人は、独特の気性の方です。目につかぬよう、大人しくされていた方が良いでしょう」

「どういう意味です？」

「お嬢様は、この家の事情がまだ――」

そう云って、九条はこちらの顔色をうかがう。

「ごめんなさい。やはりはっきりしません」

「先代の威光は絶大でした。実の息子である和意様であっても逆らえぬのです」

「どうしてそこまで主家夫人は力があるのですか？　現当主を差し置いて」

「先代は、ある特殊な信託を、親密であった銀行家に依頼していたといいます。現在、宇江神家の資金の七割方は、その信託金にされているのです」

「特殊な信託？」

「遺産でございますよ。先代は、普通の遺産相続を望まなかった。この宇江神家の主として、ふさわしいものに、遺産は受け継がれるべきだとお考えになったのです」

「遺産が、家族に平等に分けられるのを嫌ったとおっしゃるのですか？」

「そうです。受け継ぐのは資格ある者のみ。もしも、その資格者が亡くなったり、辞退したなら、信託金はすべて経済的に困窮する学生を支援する団体に寄付すると、そう決めておられたぐらいです」

「相続人は、父ではないのですか?」

「現当主の和意様は、先代に評価されていませんでした」

「何か条件が?」

「わたしは、そこまでは存じません。ただ、それは先代の死後、七回忌の後に開示されると聞いております」

「だから、皆が主家夫人を畏《おそ》れるのですね。お祖父《じい》様が、主家夫人に遺産を渡すと、そんなふうに決めているかもしれない。もしそうなったら、邪魔者として家を追い出されてしまう」

「左様です。しかし、可能性は他にもあります。先代は、思い直して、実子の和意様に遺産を渡すと決めていたかもしれないのです」

「七回忌まで、それはわからないのですね」

まだ五年以上先の話だ。少なくとも、それまで主家夫人は先代の威光を借りて、思うままに振る舞える。

「可能性は、まだそれだけではありません。華煉お嬢様も、先代が指定した人物であるかもしれないのです。これは和意様よりも可能性が高いと思われる」

「わたしが？」

わたしは女の身だ。とても宇江神の家を継ぐのは荷が重い。困っていると九条は、

「だからこそ、主家夫人もお嬢様を邪険にはされない。将来、遺産を継いだお嬢様に追い出されぬために」

「……そういう話は嫌い。欲得ずくだなんて」

「お嬢様は、育ちの良さゆえにそう思えるのです。この世の理《ことわり》はちがう。実際は、欲得を考えぬものなどおりませんよ」

「あなたもそうなのですか？」

わたしが問うと、九条はじっとわたしの目を見つめ返した。わたしは、この執事の目に、不思議な光を見た。彼はふっと視線を切って、

「わたしも欲得ずくの人間です。わたしはね、金貸しの家に生まれた。生まれついての強欲ものなのです」

「生まれた家がどうであっても、今は別の仕事をしている。自分で選び取って、それが良いことなのだと考えたのでしょう」

わたしがそう云うと、九条の表情が変わった。目を見開き、「……面白いことをおっしゃる方だ。皆が血筋に縛られ、家柄を重んじるというのに」

「血筋や家柄が、人のすべてを決めるわけではないでしょう。現にあなたは――」

「――十三の年に、わたしの家に押し込み強盗が入りましてね。それで一家はわたしと、幼い妹を除いて命を落とした。わたしが金貸しにならなかったのは、そうした事情で家が無くなったからで、特別な善意ゆえではない」

「……どうして、わたしにそんな話を？」

「迷っていたのです。しかし、わたしにもわかりましたよ。確かに、お嬢様のおっしゃるとおりです。自分で選びとるべきだ」

九条は、そう云って執事らしく一礼した。

「どういう意味ですか？」

「いずれ、よくわかるようになります」

腰のあたりに左手をそえる。そうして、背を向けて立ち去った。

「何のつもりかしら」

わたしは、執事の態度が不可解に思われた。シズカさんは九条の去った方を見て、

「あの方は、主家夫人が先代さまとご一緒になられてから、新しくこの家に雇われたのでございますね？」

「そうね。シズカさんを除けば、一番新しい使用人ということになるかしら。前の執事は老齢で、仕事ができなくなったといって、葉山の方に隠居されたらしいけれど」

「隠居でございますか」

シズカさんは、少し小首をかしげて見せた。

東棟を出ると、今度は北棟へ向かって回廊を進んだ。

北棟は、食糧庫や倉庫などがある棟で、内装は白で統一されていた。

館はぐるりと囲われた城壁のような造りで、出入り口は西棟と南棟の間にある主玄関と、この北棟にある裏口だけ。

――そう、この館には出入り口が二つしかない。

祠乃沢の館は、奇妙なほど出入りが制限されている。一階の窓にはすべて面格子《めんごうし》がはまっている。宇江神家は裕福な家なので、泥棒除《よ》けの対策が徹底しているのかもしれないけれど、これでは牢獄《ろうごく》にいるような息苦しさを感じてしまう――

わたしは外の空気が恋しくなった。だから、北棟の裏口から数歩外に出てみた。館の周囲はよく風が通って心地良かった。温い陽光を浴びていると、いくぶん気持ちも穏やかになる。

ふいに人の気配を感じて振り返る。館の裏口に人が立っていた。服装は使用人のものだ。

守原亜衣《もりはらあい》だった。

彼女は、中性的で端整な容姿で、かなり痩《や》せているため、見ようによっては美青年にも見える。歌劇か何かに出たら、ずいぶんと見栄《みば》えがするだろう。薄くて、やけに赤い唇に細身の煙管を咥《くわ》えていた。気だるげな様子で紫煙を吐き出す。それから唇をなめて、いい訳みたいに、

「休憩中なので――」

「そうですか。わたしもただの散歩ですので、お気遣いなく」

わたしは、守原に関心があったわけではないから、そのまま邸内に戻って通り過ぎようとした。

ふと、裏口の扉の向こうに目が留まった。北棟の内部、裏口の対面に、さらに扉がある。

この館の間取りに関しては、生活に支障がない程度の記憶は残っている。ただ、その扉が何なのか、とっさに思い出せなかった。

――あれは、そう。

中庭へ続く扉だ。そんなふうに認識したところで、頭の隅がずきりと痛んだ。思わず、よろめいてしまう。すぐにシズカさんが駆けよってきて、支えてくれた。

「戻りましょう」

「ええ、でも――」

わたしは頭を振って、もう一度中庭への扉を見た。しっかりと閉ざされたその向こう

はうかがいしれない。何かが気になる。記憶の奥底で、引っかかるものがある。その扉の奥に関することを思い出そうとすると、痛みとともに思考が乱れる。

――いったいどうして？

疑問とともに、たまらない渇望《かつぼう》が頭をもたげてくる。知りたい。失われた記憶を取り戻したい。すべてをはっきりさせたい。ふらつく足取りで一歩を踏み出したところで、裏口の扉が音をたてて閉ざされた。

はっと我に返って見ると、守原が扉の取っ手を握っていた。彼女が閉めたのだ。

「――お嬢様は」

守原は、紫煙をくゆらせ、目を細めた。「お加減がよろしくないご様子ですわ。お部屋に戻られた方がよろしいのではなくて？」

そう云って、守原はシズカさんへ視線を向ける。シズカさんも、

「そうですね。お戻りいただいたほうがよろしいでしょう」

「シズカさん、わたし、あの先が気になるの……」

「あの先、でございますか」

「ええ、北棟の中庭へつづく――」

そう云いかけたとき、目の前にふうと白煙が吹きかけられた。思わずむせてしまい、涙がこみ上げてくる。頭痛がひどくなった。

「お嬢様になんという失礼を」

「あら、失礼いたしました」

守原は殊勝な態度でかしこまった。持っていた煙管を反《かえ》して、火皿から葉煙草の燃え残りを地面に落とし、念入りに踏みにじった。そうしてから、何か妙にねっとりした目つきでこちらを見てくる。

「ご気分は？」

「……たいしたことは、ありません」

頭痛はすぐに治まったけれど、思考には靄《もや》がかかったようにぼんやりとしていた。

「お嬢様は、外の空気にあてられたご様子ですわ」

「そういうことでは……」

また視界が揺らいだ。体に力が入らなくて、シズカさんに支えてもらわなければ、立っていられない。

「お散歩はほどほどに。では失礼しますわ」

何事もなかったように、守原は背を向けて館の中へ消えていった。

「あの人……」

「安静にしていて欲しいのは本音でございましょう」

シズカさんは、守原が立っていたあたりの地面を見ていた。そこには、黒く踏みにじられた葉煙草の灰が落ちている。

「あるいは――」

シズカさんは、手巾《ハンカチ》を取り出して、灰をつまみ上げた。「確認していたのかもしれません。お嬢様に大事がないことを」

「それってどういう意味なの？」

一歩踏み出したところで、シズカさんに素早く制止された。

「お嬢様、それ以上は近寄らないよう、ご注意下さいませ」

「え？　なぜ？」

「煙草は、お体に障《さわ》ります」

そう云って、シズカさんは手巾をしまい込み、そっとわたしの手をとってうながした。

「さあ、もう戻りましょう。あまりお疲れになると、本当にお体に障ってしまいます」

「ええ――」

わたしは踵《きびす》を返した。そのとき、鼻先に残り香が漂った。

それは荒《すさ》んだ暗がりの空気に似ていて、肌がぞわりと粟立《あわだ》った。

わたしは、シズカさんにうながされて北棟から自室のある西棟へ戻った。西棟は青色で装飾が統一されている。薄くくすんだ色合いの壁紙が貼られ、落ち着いた印象だ。しばらく安静にしていると、体調は恢復した。

　夕方。祠乃沢の森が赤く染まる。木々の陰影は濃くなり、風がもの悲しげに鳴る。

　館の西棟は、宇江神家の家族が使用する棟だ。わたしの自室、父の自室、書斎や書庫などがある。わたしは自室の向かいにある書庫へ行って、独り今夜寝床をともにする本を物色していた。窓から射し込む夕日が、床を橙《だいだい》色に染めている。

「熱心ですね」

　いつの間にか、入り口に若い男が立っていた。

　伊勢五郎《いせごろう》。宇江神和意《かずい》の妹の息子。つまり、わたしの従弟《いとこ》にあたる人だ。両親が早くに亡くなり、身寄りのない彼は伯父である宇江神の家を頼った。今は居候《いそうろう》の身分で、この館に部屋を与えられている。性格は遊び人ふうで、学生なのに学校へ行っているところを見たことがなかった。

　本人は、

『わたしは自由人の気質でね。学業は、自らの興味が向くものでなければ、熱が入らないんですよ。今は、それがないというだけで』

などと、しれっと口にしてはばからない。今も、こちらを気だるげな目つきで見て、

「本など読んで楽しいですか？」

「楽しいですね。自分の知らないこと、知らない世界を知ることができますから」

「記憶を失っている人の口から出ると、ずいぶんな皮肉に聞こえるものだ」

五郎はわたしの反駁《はんばく》に対してもおざなりな反応を返し、煙管を取り出した。それを唇の端に横咥えして、

「お嬢さんは何もご存じないのだから、色々なことに興味を抱くのも無理からぬ話だ」

燐寸《マッチ》で煙草に火を点《つ》けようとして、シズカさんの厳しい視線に気がつく。ここは書庫。火気厳禁だ。

「そんなに怖い顔しなさんな。使用人ごときにしては可愛い顔しているんだから」

「Сука《スーカ》（脳足りん）」

シズカさんは微笑《ほほえ》む。五郎はやれやれと燐寸をしまい込んだ。

「あの、ひとつ聞きたいことがあるのですが、中庭には、何があるのですか？　あそこは、入れないようになっているようですが……」

わたしは、昼間に北棟の奥で目にした、中庭への扉が気になっていた。わたしの記憶には、中庭に関するものは消え去っている。

この館は変わっていて、上から見ると四角の形をしているが、内側は空洞になっている。その空洞部分が内庭であるはずなのだけれど、館内の内縁に面した壁には、どこにも窓がない。内庭へ入るための入り口は、北棟にひとつあるだけだが、そこはいつも施《せ》錠《じょう》されていて入れない。つまり、内庭はうかがい知ることの出来ない領域になっている

のだ。

――あの扉の先には、いったい何があるのだろう？

答えを得るには、家人の誰かに聞くのが一番だ。

五郎は、考え込むように天井を見上げた。

「……お嬢さんが知らなくていいことだと思いますがね」

「わたしは知りたいです」

記憶に引っかかりを感じる。何か、あそこは重要な場所なのだ。わたしの様子を見て、五郎はちょっと笑った。

「あそこにはね、忌まわしいものがあるんですよ」

「忌まわしい？」

「一族の恥です。だから、誰も入れぬようにしてある」

「どういうことですか？」

「地位のある家には、つきものの因縁話ですよ。わたしも、詳しく知っているわけじゃないんですけどね。どうも、表沙汰《おもてざた》にはできない者を、あの場所に放り込んであったという話だ。つまり幽閉ってやつで」

「幽閉？　誰かを閉じ込めているのですか？」

「昔の話ですよ。先代の頃に、常軌を逸したものを、周囲と隔離してひっそりと過ごさせるための場所であったらしい」

「その、それは座敷牢《ざしきろう》ということですか？」

わたしにも、その程度の知識はあった。五郎は、重々しくうなずき、

「今は、誰もいやしませんがね。しかし、夜になると出るかもしれません」

「出るって、何が？」

「幽霊ですよ。この世ならぬ怨念が、あそこには充満しているから。先代の頃に幽閉されていた者は、琴の名手であったとか。今も、月のない夜は、夜になると琴の音が聞こえるそうですよ……」

いかにも恐ろしげな顔で云う。

「……本気ですか？」

「冗談です」

五郎は表情を崩して、ぷっと吹き出す。「何も興味を惹くようなものじゃありません。かび臭い場所だから、お嬢さんが入るのは体に障るでしょう。気にするようなところじゃありませんよ」

そう云って、五郎はまた燐寸を取り出す。すっかり癖になってるのだろう。またシズカさんに睨《にら》まれて、燐寸をしまいこんだ。

「どうもいけない。わたしは、ちょっと煙草を吸いに外へ行ってきます。こいつを吸わ

ないと、頭が回らなくてね」

ひらひらと手を振って、書庫を出て行った。

「喫煙はお控えいただけるといいのですが」

シズカさんの口調は、どこか厳しい。

書庫の夕闇《ゆうやみ》は急速に濃くなっていった。


現在の宇江神家の当主は、宇江神和意。わたしの父だ。

いかに主家夫人が力を持っているといっても、それは家内の話。ただ、記憶を失ったわたしに対する遠慮気味な態度からうかがえるように、どこか覇気に欠けるところがあって商売に向かない気質だと、先代が判断したのもわかる気がした。

短髪で痩身《そうしん》、どこか陰のある表情。お酒が好きで、それでいて寡黙《かもく》に呑《の》む人だ。

夕食の席で、

「最近は、どうだね？」

と、そんなふうに話を振ってくる。こちらとあまり目を合わせようとせず、話し方も不器用そのものだ。

「だいぶ、恢復してきました。目が覚めたころは、とても体調が悪かったのですが」

「そうかね。いや、きっとそうだろうな」

曖昧にうなずいて、会話は途切れる。父との話はいつもそうだ。

「旦那様、お尋ねしたいことがございます」

シズカさんが、助け舟のように質問した。気詰まりな沈黙を振り払って、父はこの気の利いた使用人に顔を向けた。「なんだね？」

「お嬢様のお召し物についてでございます。お嬢様の箪笥《たんす》や戸棚には、以前に使われていたお召し物などがございません。すべて、新しく仕立てられた品のようでございます。以前にお使いになっていた品々は、今はどこにあるのでしょうか？」

「……さて、はっきりしないな。娘は病で以前の服が体に合わなくなったから、大半の品を仕舞い込んで、新しいものに替えたはず。古いものは、館のどこかにはあると思うが」

「それについて、ご存知の方はどなたでしょうか？」

「いや、わかるものはいないだろう。というのも、家内を仕切っていた以前の執事や、古株の使用人たちは、皆、引退してしまった。ちょうど、娘の大病と時期が重なってしまってな。それで、そうした細々とした事情のわかるものがいないのだ」

「さようでございましたか。それはご不便ですね。見当もつきませんか？」

「東棟の衣装部屋だろうとは思う。もう着られなくなった衣服などはそこに仕舞われているはずだ。だが、そこまでして探す必要もないだろう。もう寸法も合わないだろうし、新しいものがあるのだから、それで間に合うだろう」

「そうでございますね。しかし、時間のある時にお嬢様のお召し物を仕立て直そうとも考えています。やはり、着なれた品のほうが、お嬢様も落ち着かれるでしょうし」

「お前なら、そうした裁縫仕事も手ぬかりなくやるだろうな。まあ、今は他の雑事も忙しいことだし、当分は考えなくていい」

「はい――」

シズカさんは、軽く一礼して下がった。

わたしは父との会話に気づまりを感じた。逃げるように食事を終えて自室へ戻る。

わたしは自分自身について何も知らない。

周囲の状況で、自分はそのようなものだと、間接的に認識しているに過ぎない。

本当の自分を取り戻せる日は来るのだろうか？

そのために、やはりわたしは過去を必要としていた。


祠乃沢の夜は深い。

未開の森の中央に建ち、そこまではただ一本の道が通るだけの宇江神家は、日が暮れて夜が更《ふ》けると、深閑として闇に堕《お》ちる。周囲に民家はなく、窓から見えるのは黒々とした森。風が鳴くと、枝葉のざわめきとともに、木陰に棲《す》む獣のうめきさえ聞かれた。

郊外にあるのはわかるけれど、それにしても隔絶された印象だ。いったいこの周辺がどのような場所なのか、それさえ忘れてしまっている。この場所は他とは違う、というかすかな認識はあるのだけれど。

月のない夜は、いっそう暗かった。夕食を済ませると、早々に自室へ引き上げてしまう。シズカさんが、お茶を持ってきてくれたり、気遣いをしてくれる。

ただ夜が更け、時計の針が午前零時を指すころには、彼女も与えられた自室に引き上げてしまう。わたしは館に閉じこもっているしかなかったので、寝付きが悪く、夜を持てあましていた。

その夜も、わたしはなかなか寝付けず、あきらめて寝台を抜け出した。窓際に立って、遮光布をめくる。そこからは、暗い夜の森しか見えない。嘆息して、また横になってみようかと考えていたとき、視界の端に光が見えた。

洋燈《ランプ》を手に誰かが前庭を歩いていく。

こんな夜更けに誰が――

気になって寝台に戻る気は失《う》せていた。

――ちょっと見てこよう。

そんなふうに考え、わたしは夜着の上に羽織をかけ、そろと自室を抜け出した。

わたしの自室は西棟にある。そこから南棟へ向かう途中に螺旋《らせん》階段があり、そこから降りると正面玄関につながる小広間に出られた。

灯りの落ちた小広間に出て、周囲をうかがった。家人や使用人に、こんな時間に歩き回っていることを知られたら、何を云われるかわかったものではなかった。

幸い、小広間に人気はなかった。しんとして、夜の静けさだけが在る。わたしはそこを通り抜け、正面玄関にたどりついた。

裏口から外に出る方が人目につかないという点では良いのだろうけれど、前庭へ出るには、やはり正面玄関を通るのが一番の近道だ。

正面玄関の大扉は、両開きになっている。それは城塞《じょうさい》のようで、鋼鉄で補強が成されていた。異国の洋館を移築して、改装したものだから、この国では考えられないほど強固に出来ているのだろう。

それでも、わたしはこの大扉に恐怖を感じる。鍵は頑強なかんぬきが用いられ、大きな錠前もついている。施錠が行われれば、たとえ内側からであったとしても、鍵を持たないものに扉を開けることは出来ない。

今、正面玄関にはかんぬきだけがかかっていて、施錠されていない。この事実は、前庭のあたりで見かけた人影が、正面玄関を使用しなかったことを裏づけていた。

つまり、わたしのように近道だからと人目につくかもしれない小広間を通るのを避け、わざわざ裏口から出て、前庭の方へ回り込んでいったことになる。裏口は、北棟にあり、かなりの遠回りになるから、問題の人物はよほど誰の目にも触れられたくないのだろう。

わたしはかんぬきを外し、扉を押し開ける。重々しい音が、わりと大きく響いた。周囲をうかがうけれど、誰かが気づいてやってくるような様子はない。わたしは、開いた隙間《すきま》から外へ抜け出ると、慎重に大扉を閉じた。

月も星もない夜だ。

春先の夜気が、肌を刺した。思わず、肩にかけた羽織をかきあわせる。日中の温暖《あたたか》さは影を潜めていた。森からやってくる、冷たい風にあてられると、身が縮こまってしまう。

早々に、わたしは好奇心に憑《つ》かれて自室を抜け出したことを後悔した。すぐに踵を返し、温かな寝床に帰ってしまおうか――

さっと、視界の端で動くものがあった。

何者かが、前庭の端から森の小道へと入っていこうとしている。躊躇《ためらい》は消え、好奇に誘われるまま後を追った。

――誰が、何をしに、どこへ行こうとしているのだろう。

疑問を抱くと、もう確かめずにはいられなかった。

前庭を横切り、森の小道の入り口の前に立つ。

この先には厩舎《きゅうしゃ》があるはずだ。

疑問は胸の内で大きく膨らんだ。使用人の誰かが、こんな時刻に馬の様子を見に行くとは思えなかった。

一歩踏み出して森の小道を歩き出す。ひどく暗い。わたしは決して勇気のあるほうではないけれど、不思議と恐怖は感じなかった。目を瞬《しばた》いていると、目が慣れてきて、足下ぐらいはわかるようになった。

ほどなくして、視界の先にぼんやりとした灯りが見えた。

木造の屋根が見える。あれが、厩舎。灯りがついているということは、誰かがいるということだ。

厩舎の灯りは、入り口付近に見える。わたしは小道の途中で茂みに入った。もしも、そこにいる人が引き返してきたら、正面から出くわすことになりかねない。用心して、姿を隠した。

道を外れたとたん、落ちていた小枝を踏んでしまった。その音が静寂の森にかすかに鳴った。わたしは立ち止まって息を呑んだ。

「なんだ？」

厩舎の方から声があった。低い中年男のもので、聞き覚えがあった。肌寒いのに、冷や汗をかいて身を縮こまらせていると、やがて、

「野鼠《のねずみ》でも這《は》い回っているのでしょう」

今度は、女性の声がした。そちらの声もよく知っていた。どうやら、わたしのたてた音は、森の小動物ということで納得されたらしい。わたしは今度こそ注意して進んだ。厩舎の手前、すぐ脇のところで立ち止まる。そこに木陰があって、厩舎をうかがうのに都合が良かった。

厩舎の灯りに照らされ、その横顔がちらりと見えた。

間違いなかった。

中年男は、宇江神和意。

女は、主家夫人。

二人は、深夜に密会している。

胸の奥が妖《あや》しくざわめいた。

しばらく二人は無言でいた。

わたしは後じさった。その場を離れようと、体を反転したところで、足下をさっと何かが横切った。野鼠だ。

喉《のど》の奥で悲鳴を押し殺す。

間に合わなかった。詰まった息の音は、厩舎のほうに聞こえたらしい。

「誰？」

鋭い誰何《すいか》とともに、主家夫人がふり返った。洋服は乱れ、釦《ボタン》も外れて、豊かな胸元があらわになっている。その肌に、わたしは見た。

——あれは？

枝葉をかき分けて、無我夢中で走った。厩舎は遠ざかり、やがて周囲は暗闇に閉ざされる。それでも、わたしは足を止めなかった。

ようやく館の前庭にたどり着いたときには、もう息が上がっていた。わたしはそこではじめて、背後をふり返った。

誰も追ってはこない。それを確認すると、正面玄関から入って、しっかりとかんぬきをかけた。そうして自室に戻った。

わたしは自分が見たものが目に焼きついて離れなかった。

父と主家夫人の密会。

主家夫人の真白い胸元には、艶《なまめか》しい牡丹《ぼたん》の刺青《いれずみ》が刻まれていた。

其の四　祠乃沢の館の殺人

眠りは短かった。

寝台から起き上がり、遮光布をめくって、外の森を眺めた。

朝の祠乃沢は綺麗だ。深い夜があるというのに、まばゆく光に満ちている。

わたしが身繕いをしようと、姿見の前に立つと、シズカさんが着替えを運んできた。

彼女は、わたしの身の回りのことはすべてやってくれる。そこまでしなくていいと、遠慮するのだけれど、これが仕事だと譲る様子はなかった。

「お嬢様の以前のお召し物ですが、今朝、東棟の衣装部屋を見てまいりました」

「何か見つかった？」

「はい。だいぶ、奥の方へしまわれていましたが、そうであろうという品は見つかりました。寸法を確認したのですが、やはり直しが必要だと思われます」

そう云って、シズカさんはわたしの肩のあたりに手をあてた。少し小首をかしげるような仕草をして、「お嬢様は、まだ成長期でいらっしゃるようです」

「そう?」

　ちょっと戸惑う。

「当家は、衣装に注意が必要でございますね。衣装部屋にはかなりの量の衣類が納められていました。皆様、服が体に合わなくなると、すぐに替えてしまわれるようで、寸法の異なる品々がかなりありました。ああしたものも、仕立て直せば、じゅうぶんに着られるものでございます」

「貴女のように器用な使用人がいなかったのでしょう。職人に頼むのは手間だし」

　そんな話をしながら、身繕いをはじめる。シズカさんは、座ったわたしの髪を梳《す》き、

「……お嬢様、昨夜はよくお休みになりましたか?」

「ええ、眠れたわ」

「さようでございますか。――こんなところに」

　シズカさんは、わたしの夜着の裾についていた枯れ葉をつまみ取った。わたしは彼女の反応を注視した。

「お嬢様」

「は、はい」

　そろりと、姿見に映る彼女をうかがう。そこには、どんな感情もあらわれていなかった。

「夜は、お早めにお休み下さいますように」

「わかっています」

「あまり、出歩かれますと、お体に障ります」

「気をつけます」

もうすっかりお見通しの様子。わたしの嘘が上手《うま》くないのもあるだろうけれど、シズカさんはどんな嘘でも見抜いてしまうようなところがある。

昨夜の話、シズカさんに打ち明けたほうがいいとも思えるのだけれど、躊躇《ちゅうちょ》してしまう。父と主家夫人の密会現場を覗《のぞ》き見したなんて、とても云いづらかった。

父は、生前の母を溺愛《できあい》していたという。だからこそ、再婚をせずにいるのだと理解していた。祖父は、頑《かたく》なな父に失望して、自ら若い妻を娶《めと》ったはず。それなのに。

祖父の娶った人と関係を持つなんて。

わたしは、父とどう接すればいいのかわからなくなった。

そのことをシズカさんに相談してみたいとは思った。彼女は、きっと相談にのってくれるだろう。

――けれど、もう少しだけ待ってみよう。

整理する時間が欲しかった。家人や周辺の事情がもっと良くわかってからでも遅くない。あせる必要はないのだから。

だから、話さなかった。

「お嬢様、机の上にのっている手紙は香呂河様へ出されるものでしょうか？」

シズカさんは、わたしが簞笥《たんす》と机の間から見つけ出した手紙に注目していた。ゆいいつといっていい、わたしの記憶の手がかりだ。

「それは、記憶を失う前に書いたもののようなの」

「記憶を失う前に？　……お嬢様、拝見してもよろしいでしょうか？」

彼女が熱心にそう云うので、わたしは手紙を渡した。中身の数枚の便箋《びんせん》を確認して、

「当家の方々は、皆さま、お煙草《タバコ》を嗜《たしな》まれるのでしょうか？」

「ええ、そうね」

「旦那様も？」

「昼間は、あまり吸っていないようだけれど、夕食の後に煙管《キセル》を吸っているのよ」

「さようでございますか」

シズカさんは、納得したようにうなずいた。わたしは、彼女がなぜそんなことを気にしたのかわからなかった。昨日、守原の煙草の灰を拾ったのと関係するのだろうか。

「何か気になるの？」

「いえ、当家の習慣を把握しておこうとしたまででございます」

「そう……」

わたしは平静を装《よそお》いながら、胸の奥に生じた微かな焦燥を打ち消した。

朝食の席は、いつもと同じ日常があった。

南棟の一階にある食堂。家人は、一同がそこに集まって食事を摂《と》るのが習慣だ。わたしが少し遅れて席に着くと、シズカさんがお茶を淹《い》れてくれた。

家長である宇江神和意は、すでに食事を済ませてしまったらしく、食後のお茶を啜《すす》りながら、昨日の小新聞《こしんぶん》を読み返している。

そこへ、一番遅れて主家夫人がやってきた。濃紫の洋服に身を包んでいたけれど、髪はまとまっていなくて、首筋にまでまとわりついていた。それが気を惹《ひ》くらしく、父は新聞から顔を上げて主家夫人に視線を向けた。彼女は、媚態《びたい》をつくると、後は気だるそうに給仕を呼んだ。

使用人の守原が、主家夫人のところへ朝食を持ってくる。

ふと、主家夫人の手元に目が留まった。

主家夫人は、食事の最中も薄い絹の手袋をつけたままだ。彼女はいつも手を綺麗に整えていて、爪などは磨いて艶《つや》が出るようにして、お洒落《しゃれ》するときは爪紅もかかさない。手の美しさは主家夫人の自慢のひとつだ。それを隠しているのはなぜだろう。

何か、誤って手に傷でもつけてしまったのかもしれない。わたしはそのとき、そんなふうに解釈した。主家夫人が視線に気がついて、ちょっと手元を気にするような仕草をしたので、わたしは視線をそらした。

広い食卓で、食事を早々に済ませる。立ち上がりかけると、食卓の隅で椅子にもたれかかっていた五郎が、

「お嬢さん、お体の具合はいかがですか？」

と声をかけてきた。

「もうだいぶ、恢復《かいふく》してきました」

「そうですか、それは結構。……以前のことは、何か思い出されましたか？」

五郎の質問は、それまでの弛緩《しかん》した食堂の空気をわずかに震わせた。皆が、わたしへ視線を向ける。

「……いいえ、やはり曖昧《あいまい》なままです」

「そうですか。まあ、気長に待つことです。たとえ、思い出せなくたって、何も困ることはありませんけどね」

「そうでしょうか？」

「今が楽しければ、それでいいじゃないですか」

五郎は笑った。家人の注目は霧散した。それ以上、従弟《いとこ》の相手をする必要もないので、わたしはそのまま食堂を出た。

陽が落ちる頃になると、館の周囲を渦巻くように霧が出はじめた。それはすぐに濃霧となってわだかまった。窓の外は、真っ白で、視界は手を伸ばした先も見えないほどに閉ざされた。

わたしは自室へ帰ってから、一度も部屋の外へ出なかった。最近は、自室で本を読んだりしながら過ごすことが多い。そうして、時々窓の外を眺めた。

自分が何者であるのか、そうした疑問について、漠然とした考察をしながら、外を流れる霧を見ていた。

白色の霧は、夜の訪れとともに闇《やみ》色に染まった。

もうすぐ夕食の時間だという頃になって、扉が叩《たた》かれた。

「お嬢様、お食事の支度が調いましてございます」

シズカさんが、廊下からそう声をかけてきた。わたしは立ち上がって、もう一度窓の外を見た。霧が流れていく。こんな夜は誰も出歩かない。森の獣たちも、今夜はひどく大人しく、虫の声すら聞こえなかった。

「すぐ行きます」

わたしは読みかけの本を棚へ戻して廊下に出た。シズカさんが控えていて、一緒に食堂へ向かう。館の中もしんとして、静寂に包まれていた。

食堂へ入ると、家長の宇江神和意、従弟の伊勢五郎はすでに着席していて、守原亜衣が食卓に皿を並べようとしていた。

九条は、厨房の方から時々顔を見せて、不備がないかを確認している。シズカさんは給仕の仕事に専念していた。

まだ顔を見せていないのは、主家夫人だけだ。彼女は、定められた時間に集合するという決まりにおおらかで、いつも遅れてやってくるから、誰も不在を気にかけない。わたしも、いつものことだと考えた。

着席して、皿の運ばれてくるのを待つ。和意と五郎は、横濱居留地で流行《はや》っている競馬というものについて、あれこれ話をしていた。どうも賭博《とばく》に近いものであるらしい。わたしは興味がなかったから、自然と視線はシズカさんへ向いた。

「裏口の戸が開かないのよ。錠前がおかしいみたい」

「出入りができないのでございますか?」

「ええ。あれは修理をしないとだめね」

「明日にでも——」

使用人たちは、実務的な会話をしながら夕食の支度で動きまわっている。その動きを追ううちに、九条の妙な行動に気がついた。

食堂から厨房へ繋《つな》がる戸口のところで、銀の盆に載せたひとりぶんの食事を、守原に手渡した。守原はそれを持って廊下へ出て行った。

　――あれは、誰の食事かしら。

　この場に集う人たちの食事でないのは確かだ。使用人たちは、隣の別室で食事を摂る決まりだから、彼らのものでもない。もしかすると、主家夫人は体調が悪く、自室で食事を摂るのかもしれない。この館の中に、他に人はいないから、そう考えるしかなかった。

　ただ、わたしはそれ以前にも、何度か同じ光景を目にしたような気がしていた。はっきりと意識して観察したわけではないから、確かなことは云えないのだけれど。

　胸に引っかかるものを感じながら、そうしていると、食事の準備がすっかり整った。

　父は主家夫人の不在が気になったようで、

「主家夫人はどうした？」

　と、九条に尋ねた。

「はて、どうされましたか」

「誰か呼んで来るように」

　父は、そう命じた。朝食の席などでは、誰かがいなくとも勝手に食事ははじまるのだけれど、夕食の席では、全員がそろうまで待つのが――大抵の場合、主家夫人が最後なので――習慣だ。

ちょうど、守原が戻ってきたところで、九条が主家夫人を呼んでくるよう声をかけた。守原はうなずいて、もう一度廊下へ出た。

てっきり、外へ運んでいった食事は主家夫人のものだと思っていた。彼女のものでなければ、いったい誰の食事だったのだろう。

無言のまま時が流れた。父は目に見えて苛立《いらだ》ちはじめた。どんなに待っても、主家夫人が姿を見せないからだ。ようやく、守原が戻ってきた。困惑した顔をしていた。

「何度もお呼びしたのですが……」

「答えがないのか？」

父は、苛立った様子で使用人に詰問《きつもん》した。

「はい。扉を叩いても反応がございませんので」

「鍵は？　かかっていたのか」

「かかっていました。それで、お部屋の中までは確認できなかったのです」

「よし、わかった。わしが行ってくる」

父は、むっつりとした顔で立ち上がった。五郎が続いて、

「何かあったのでは大変だ。わたしも一緒に行きましょう」

「そうだな……」

二人が廊下へ出て行く。わたしは、食堂で待っていようと思った。主家夫人はお酒で

も呑《の》んでいるのかもしれない。彼女は、時々酔って正体を失うところがあった。

九条と守原は残っていた。周囲を見回し、シズカさんがいないことに気がついた。

シズカさんは、どこへ行ったのだろう。考えられる答えはひとつしかなかった。主家夫人の部屋へ向かったのだ。

わたしは立ち上がった。

廊下に出ると、先の曲がり角を曲がっていく白い前掛け姿が見えた。

――シズカさんだ。

やはり、父たちを追いかけていったようだ。

わたしも後に続いた。

食堂のある南棟の一階から、廊下を通って東棟へ向かう。主家夫人は自室として東棟の二階、四角形の内側の角になる鉤《かぎ》型の部屋を使っていた。

わたし自身は、主家夫人の部屋に入ったことは――少なくとも、わたしの記憶では――なかった。二階へ上がると、父と五郎が主家夫人の部屋の前でむっつりとしていた。

予想どおりシズカさんも一緒にいる。

「どうしたものか」

父は腕組みして扉を睨《にら》みつけていた。五郎が、

「予備の鍵はないんですか？」

「主家夫人は、一度自室の鍵を無くしてしまったのだ。酔って、排水溝へ流してしまったらしい。それで、予備としてあった鍵を、今は使っていた」

「なら、鍵は主家夫人が持っているのが、ひとつきりだということになりますねえ」

「そうだ。主家夫人が、鍵をかけて室内で眠っているなら、扉を開けることはできない」

「壊せば――」

冷たい声がした。

「――壊せばいいのではありませんか？」

そう口を挟んだのはシズカさんだった。父は困惑気味に頭を振った。

「無茶を云うな。この館は、異国から移築した建物を、さらに改装したものだ。元々が頑丈な上に、補修もきっちりと成されている。扉ひとつだとしても、壊すのは簡単ではない」

「ですが、中で主家夫人が無事とは限りません。一刻を争う事態だとしたら……」

「眠っているだけだとは思うが」

父は、扉を叩いた。館の部屋は、例外なく分厚い扉が付いている。それは四方の角と隅、鍵まわりを金属で補強されていて、一見しただけで頑丈だと知れた。

「確認すべきです。これだけ呼びかけて反応が無いのは、ただごとではございません」

「うむ……」

父は判断を迷っているふうだ。

「階段下の物置に、暖炉の薪割《まきわ》り用として、斧《おの》がしまってあったと記憶しています。あれならば、なんとかなるのではないでしょうか」

「そうは云うが、しかし――」

「取って参ります」

返事も聞かないうちに、シズカさんは階段を駆け下りていったかと思うと、すぐに大ぶりな斧を手に戻った。白い前掛け姿のシズカさんが、錆止《さびど》めの油でぎらつく大斧を持っているのは、異様な光景だ。

父と、五郎が気圧《けお》されて一歩退く。シズカさんは、無言で斧を扉に打ちつけた。戸板に刃が食い込み、重く鈍い音が響く。躊躇せず、それは何度もくり返された。

木片が散らばり、やがて扉に大穴が開いた。錠前はひしゃげ、床に落ちている。シズカさんは斧を扉の脇に立てかけて、扉を押し開いた。

「なんだ、この臭い……」

五郎が、室内から流れてくる臭気に顔をしかめた。わたしも空気の流れに不愉快なものを感じとった。それでも、惹かれるように、シズカさんの後に続いて室内を踏み入る。

手前に大型の衣装箪笥、奥に寝台があった。

館の内縁に接する側は、大きな掃き出し窓になっている。そこから露台《バルコニー》に出ることができるようだ。暗い中庭が見える。実を云うと、わたしは中庭を見たのははじめてだった。

中庭がどうなっているのか、とても興味があったけれど、今はそれどころではなかった。室内は異臭に満ちていた。

奥の寝台に誰かが横たわっている。近くの窓が開いていて、遮光布が霧を含んだ風に揺れていた。父が、手近の机の上にある洋燈《ランプ》に火を灯《とも》すと、室内の状況がさらによくわかるようになる。床の上は、衣服が散乱していた。

洋燈を手に、奥へ進んだ父が、くぐもった声をあげた。

「なんということだ」

父は絶句し、五郎は口元をおさえて体を折った。

わたしは、寝台の上の惨事を見て凍りついた。

寝台の上は血まみれだ。

その上に、死体が横臥《おうが》していた。

胸元の大きく開いた洋装、主家夫人が身につけていたものにまちがいなかった。

しかし、わたしにはそれが彼女かどうかわからない……。

「主家夫人、なぜ……」

父がうめく。だが、わたしは死体を見て、驚愕《きょうがく》とともに疑問を抱かざるを得なかった。開いた掃き出し窓から、濃密な霧が流れ込んでくる。その霧を裂いて、シズカさんが寝台の脇に立った。色のない唇が微笑した。

「なるほど、顔のない死体でございますか」

其の五　逆説、顔のない死体

死体には、あるべきはずの場所に首がなかった。

斧か鉈《なた》を使ったのか。首には何度か刃を打ち下ろした痕跡《こんせき》が残っている。流れ出た赤は、寝台の敷布を染め上げていた。

首のない死体を間近にして、誰もが顔色を失っていた。家長であり、父である宇江神和意、従弟《いとこ》の伊勢五郎、わたしも言葉がない。

そんな中、シズカさんが寝台に近寄り、死体を覗《のぞ》き込む。何事かつぶやいている。死人めいて色のない唇が笑みを浮かべた。無残な傷口を見て、それから敷布に触れる。彼女の真白い指が汚れた。

敷布の上から、鍵を拾い上げる。

「この部屋の鍵でございます。鍵が室内側にあるということは、この部屋が密室状態であった証明。そして——」

彼女は指先を眺め、

「——まだ殺害されてから、時間は経《た》っていません」

「医者や警察でもないのに、どうして、そんなことがわかる？」

五郎が、噛《か》みつくように云った。恐怖を誤魔化すためだろうか、いきり立つような云《い》い方だ。

「専門の観察をするまでもございません。血が、まだ固まりきっておりません。気温などの環境による影響を考慮しても、それほど前に殺害されたのではないのはあきらかです」

「だったらなんだと云うんだ」

さらに、五郎は云い募ったが、シズカさんはゆるりと首をふり、

「意味はございません。そうであるという、所見を申し上げたまででございます」

「使用人の所見など必要ない」

「しかし、死体状況は時間を経るごとに失われていくものもあります。素人とはいえ、死体の状況を正確に見定め、記憶しておくことには意味があるのではございませんか？」

「そんなこと——」

五郎は言葉につまり、和意に視線を向けた。父は、甥《おい》の視線に興味を示さず、ただ死体を凝視していた。そして、

「……続けてくれ。それで、お前はどう考える？」

「はい、かしこまりました」

家長に一礼したシズカさんは、寝台の周りを見て、

「寝台の周囲の状況から、切断はこの場所で行われたものと考えられます。どこか別の場所で首を切り、この場所へ運んできたのではありません。そして、それは死後に行われたものと考えてまちがいないでしょう。生前に切ったのであれば、出血はこの程度では済まなかったはずです」

シズカさんは冷静に、「状況の割に、痕跡は過少でございます」

「殺してから、首を切ったのか？」

和意の質問に、シズカさんはうなずいた。

「見たところ、体には命を落とすほどの疵《きず》がありません。断定はできませんが、首から上に致命傷を負ったのか、もしくは毒などを用いた可能性があります」

「首を、持ち去ったと？」

「さようでございます」

「なぜ」

和意の問いに、シズカさんは小首をかしげて見せた。わからないと、そういう返事だと受け取ることもできたけれど――

「警察を――」

わたしは、それまで黙っていたのだけれど、話が足踏みして先へ進んでいないように思われ、もどかしくなった。

「――警察を呼んだ方がいいのではありませんか?」

おそるおそる提案した。

皆が動揺で忘れている通報という行為を思い出す。わたしは、そんな期待をした。

だが、返ってきたのは苦い沈黙だけ。

父は口元を歪《ゆが》め、五郎は首をふった。シズカさんは表情を動かさなかったけれど、わたしに同調する態度は見せなかった。

――どうして?

人が死んだ。素人が、まごまごしているよりも、専門家を呼んだ方がいいに決まっている。わたしたちだけで事態を収拾できるはずがない。

そのはずなのに、父たちはいっこうに動こうとしない。わたしの疑問の眼差《まなざ》しに、父はただ、嘆息して、

「お前は部屋へ戻るのだ。こんなところにいるべきではない」

「ですが――」

わたしは、不満をあらわにした。父は、わたしを追い払う気力すらないようで、開い

た窓の外へ視線を向けた。

「――ひとつ、確認したいことがございます」

シズカさんは、まだ首なし死体に注視していた。そして、

「これは主家夫人――間違いございませんでしょうか？」

「どういう意味かね？」

父は、要領を得ないふうで、そう聞き返した。

「ただの死体であれば、顔の判別で、身元を特定することが可能でしょう。しかし、この死体には首がありません。そうであるならば、これが主家夫人でなく、他の誰かであるという可能性も考えられるのです」

「他の誰か、か」

父は、つぶやいてもう一度死体へ視線を落とした。

――あの刺青《いれずみ》。

わたしは勇気を振り絞って、死体に近寄って胸元をよく見ようとした。

主家夫人本人であれば、胸には牡丹《ぼたん》の刺青が刻まれているはずだ。それはまったく誤魔化しようのない証拠で、本人確認となりうる。

――だめ、わからない。

死体の胸には、刺青のあるべき位置に大きな傷がついていた。

「刃物によるものです。首を落とす時に、手元を誤って胸に傷を負わせてしまったのでございましょう」

シズカさんは、わたしが死体の胸の傷に注目したので付言した。

わたしは曖昧《あいまい》にうなずいた。

もしも、犯人が死体が誰なのか知られたくないと考えた場合、胸に傷をつけて刺青の有無を不明にしてしまうというのはあり得る――

「主家夫人だ」

父は断言した。

「彼女に間違いない」

「確かでございましょうか？」

シズカさんが、もう一度確かめる。

「体の特徴だ。それでわかる」

「背格好は主家夫人と似ています。しかし、それだけで同一人物と断定できるものではございません」

「昨日の昼、主家夫人は衣装簞笥の戸に指を挟んだ。それで、右手の人さし指の爪が欠けてしまった。見てみるといい、その死体の爪も欠けているだろう？」

父の指摘を確認するため、シズカさんは死体の右手人さし指を確認した。

「爪が欠けています」

「ならば、もう間違えようがない。残念だが、これは主家夫人だ」

父は断言した。

――ちがう。

父は指の爪についての考察を持ち出したけれど、わたしは容易に信じられなかった。人さし指の爪なら、あらかじめ知っていれば欠けさせておくこともできるだろう。そうした工作は不可能じゃない。

父は刺青のことを知らないの？

いや、厩舎《きゅうしゃ》での密会を考えると、父が知らないはずはない。では、どうして刺青の件を持ち出さないのだろう。胸の傷によって刺青が隠されているのは、怪しむべき点だというのに。それは、主家夫人との関係を勘ぐられないためか。

「爪が欠けていることを知っていた人物は、旦那様の他におられますか？」

シズカさんの質問が意外だったのか、父は首をかしげた。

「……いないだろうな。主家夫人は、指の爪を大切にしていた。普段から、形良く調えて、艶《つや》が出るようにとか、あれこれと手間をかけていた。わしには理解できんが、女とはそういうものだろう。だから、爪が欠けたときは憤慨した。恥ずかしいからと、指を人前にさらすのも避けていた。絹の手袋をつけ、決して外さなかった。手袋に気がついたものはいても、爪に気がついたものはいないはずだ」

「さようでございますか。主家夫人の手袋に関しては、わたくしも記憶しています」

シズカさんは、寝台の周囲をもう一度見回した。そして、洋燈《ランプ》の灯りを頼りに、床から薄絹の手袋をつまみ上げた。それをじっくりと観察する。

「主家夫人のものだ。間違いない」

父は、手袋を一瞥《いちべつ》して云った。

「裏返しになっています」

「それがどうしたと云うのだ」

「主家夫人は、これから夕食の席に出て、皆の視線に触れるというのに、手袋を外したのでしょうか？　それとも、着替えの最中にでもここへ放り捨てておいたのでしょうか？　そうは思われません。主家夫人は欠けた爪を見られるのを嫌がり手袋を外さなかった。たとえ着替えの最中に、わずらわしく思って外したのだとしても、放り捨てておくような真似はしないでしょう。お着替えを手伝ったことがございますが、非常に整頓《せいとん》を好むお方でした。手袋を裏返しにして放り出すようなご気性ではありません。であるとするなら、これは犯人が死体から剝《は》ぎ取ってここへ捨てたのだと解釈されます」

「それがどうした？　まるで意味のない行為だが、犯人が異常な心理状態なのだとしたら、別におかしくもなかろう」

「……爪は、昨日の昼、偶然欠けたもので、死後に工作されたものではないと断定して良いでしょう。事後の工作の可能性は、それを知り得たものだけが行えますが、旦那様が爪の工作を行うのは不可能でしょう。この爪は――」

シズカさんは、何の動揺も見せず、死体の手をとった。「――この爪は欠けてから、何とか繕おうと、手入れをした形跡があります。ご婦人が行う手入れを、男性が付け焼き刃で真似するのは無理でございましょうから」

はっきりと、シズカさんは爪の工作の可能性を否定した。

「扉は施錠《せじょう》されていました。鍵は寝台の上にあり、合い鍵は存在しない」

彼女は寝台から離れ、遮光布が揺れる窓辺に近寄った。そこから先は露台《バルコニー》となっていて、手すり越しに館の中庭がうかがえるはずだ。わたしもそちらを見てみたけれど、もうもうと霧が渦巻いていて、期待した中庭の光景は見えなかった。

「ゆいいつの開口部は、この露台へつづく掃き出し窓だけでございます」

「ここから立ち去ったわけか？」

五郎が、露台へ出て周囲をうかがった。

「まあ、二階とはいえ、たいした高さじゃない。しかし、中庭からとなると……」

「中庭から館の外へ出るには、北棟へ入る必要がありますね。他に、出入り口はなかったはずです。開口部は、奥様の部屋にある、この露台だけでございますか？」

「そうだ。中庭に面した窓は、館ではこの部屋だけだ」

「であるとするなら——」

含みを残し、シズカさんは何事か考え込んだ。

「——やはり、この死体の問題は重要でございましょう」

「死体の問題？　何が重要だと云うのだ。これは主家夫人で、残虐な輩《やから》に殺害されたという以上の意味は持たないはずだ」

「いいえ、旦那様、そうではございません。これを行った者は、人一人を殺害して、その頭部を持って露台から階下へと降りたということになります。無意味なことで、そんな手間をかけるでしょうか？」

「何が云いたい？」

「だからこその、問題なのでございます」

シズカさんは、露台から渦巻く霧の彼方を見た。

「顔のない死体の意味するところは、ひとつしかありません——」

信じられないことに、その顔は微笑していた。

「——入れ替わりでございます」

洋燈に照らされる顔は、どれも動揺している。シズカさんのひとことには、それだけの力があった。父は顔を歪め、五郎は驚愕《きょうがく》をあらわにしている。わたしは恐怖に凍りついて見えるだろう。

「ばかばかしい、話を聞いていなかったのか？」

五郎が反駁《はんばく》した。「主家夫人の爪の話は、お前だって認めていたじゃないか。この死体は主家夫人なんだ。他の誰かの可能性などない」

「さようでございます」

シズカさんは、当然だというふうに同意する。

「ならば、入れ替わりなどという、妙な話をするんじゃない」

「わたくしは、事実を申し上げただけです。死体の顔を奪う、という行為にはいくつかの意味を見出せますが、共通しているのはそれが隠匿であるという点です。その死体の本質を隠すための行為が、『顔のない死体』なのでございます」

「隠匿だって？」

「はい。死体の顔、つまりは頭部を奪うという行為の意味は、『首があってはならない』という点に集約されます。それがゆえに、首は隠匿《いんとく》されるのです。そして、目の前にあるこの死体に適合し、正しく解釈された意味が、入れ替わりなのでございます」

「わからないな。これは主家夫人の死体だ。ならば、真っ先に否定されるのが入れ替わりの可能性じゃないのか」

「ここに切断された首があれば、これが処刑であるとか、異常心理であるとか、切断そのものによって別の意味を見出したり、他の証拠を隠滅するなどという可能性も考慮できるでしょう。しかし、首は持ち去られています。そして、奥様の爪の話は、首が持ち去られた場合に適合する他の可能性をすべて否定してしまう。なぜならば、爪の話によって、この死体が主家夫人だと、そのように特定されるからです。

顔のない死体が、もっとも効果的に作用するのは、死体の身元が不明であった場合ではなく、はっきり特定された場合です。これを仕組んだ何者かは、わざわざ死体から手袋を脱がし、欠けた爪を見せつけ、これは主家夫人であると、そのように発見者に認識させた。

逆説的ですが、犯人がそう仕向けたのであれば、他の可能性は否定されます。犯人が、別の思惑であった場合、手袋を脱がせる必要はないからでございます」

「犯人が手袋を脱がせた。そうして、これは主家夫人だと思わせたかった。そこまでは良いとしよう。しかし、実際にもこの死体は主家夫人だ。他の誰かである可能性なんてない」

「他の誰かではないとしたら？」

シズカの眼差しを受け、五郎は気圧《けお》され、

「この使用人はどうかしている。他の誰かでないとしたら、本人で間違いない。まったく矛盾している。入れ替わりだって？は、ばかばかしくて笑えてくる」

「Дурак《ドゥラク》（ばか）」

「何か云ったか？」

「いいえ、何も申し上げておりません」

「……問答はそこまでだ。いったん戻って、どうすべきか考えよう」

父が、シズカさんと五郎の間に入った。それで、シズカさんは一礼して退いた。五郎は、昂《たか》ぶった感情を醒《さ》まそうとでもいうのか、露台に出て風を浴びていた。

「お嬢様、出ましょう」

シズカさんにそう云われて、わたしはうなずいた。父が、落ちていた毛布を拾い上げて、死体にかけている。露台に出ていた五郎も戻ろうと振り返りかけた――

「なんだ、あれは」

悲鳴が聞こえた。

わたしたちは、露台に出て五郎を見た。五郎は脂汗《あぶらあせ》をしたたらせ、眼を剝《む》いて一点を凝視している。視線を追ってそちらを向き、凍りついた。

露台から見える中庭は濃霧に煙っていて、全景はうかがえない。その合間に、奇怪なものが浮かんでいる。

主家夫人の首だ。

それは異様な笑みを浮かべ、空中を浮遊して霧の中へ消えた。

わずかな合間の出来事だった。

それでも、確かに見えた。

信じられないことに、見てしまった。

現実にそんなことがあり得るはずがないのに。

五郎は腰を抜かし、父に支えられて何とか立ち上がった。もうその場に留まっていたくないというふうに、喘《あえ》ぎながら廊下へ転がり出る。父とわたしたちもともに主家夫人の部屋を出た。

父が後ろ手に壊れた扉を閉めた。

琴線を爪弾くような音が響いた。

いったいどうして。

五郎が語った怪談めいた座《ざ》敷牢《しきろう》の話が思い出される。

まさか、そんな――

先ほど目撃した光景とやり取りとが、頭の中で何度も蘇《よみがえ》る。

秘された刺青。

脱がされた手袋と欠けた爪。

顔のない死体。

浮遊する首。

彼女は微笑する。

『他の誰かではないとしたら？』

其の六　閉じられた森

　言葉もなく、食堂へ戻った。夕食の皿はすっかり冷え、待っていた九条と守原は困惑気味だ。父が席に着くと、九条が前菜を持ってきた。その皿を不機嫌に脇へ押しやり、

「酒を持ってきなさい」

「ずいぶんと時間がかかったようで……。主家夫人は——」

　九条は不審がっている。主の顔色をうかがい、そして葡萄酒を杯に注いだ。父はその杯を受け取ってひと息に呑《の》み干した。

「何事かございましたか？」

「うむ——」

　話を聞き、九条は、

「それは、外から何者かが入り込んだのでしょうか」

「——戸締まりはどうなっている？」

「日が暮れてから、しっかりと行われています。特に、正面玄関は確認してあります。

裏口は、錠前が壊れていて開きません。館の外から入り込むのは難しいかと」

「やはり、そうか……」

父は、渋い顔で空の杯を突き出す。守原が酒を注いだ。

食事をする気分では無くなっていたけれど、自分の席に着いた。気をきかせて、シズカさんが水の入った杯を持ってきてくれる。とりあえず喉《のど》を潤《うるお》した。

「あの、あれはいったい……」

「あれは幻覚ですよ」

五郎は、わたしのつぶやきに反応して断固とした口調で云《い》った。「幻覚に違いないんだ。非常に特殊な状況において、人間心理が、集団幻覚を見せるという話を聞いたことがあります。あれはそうしたものですよ」

どこから引っ張り出してきたのか、五郎はそんな知識を披露する。

「そうでしょうか。霧が濃かったですが、はっきりと空中に浮かんで、飛んでいくのが見えたように思います。その、主家夫人の首が――」

「あり得ない。この世の法則では、説明できませんよ」

五郎は怖《お》じ気を振り払うように否定した。わたしはシズカさんを見た。彼女は、何も口を挟まなかった。動揺したわたしたちの中で、ゆいいつ超然としているように思える。

――本当にそう、現実には説明できない。

はっきり見たと、そう云ったものの、わたし自身が先ほど見た光景を信じられなくなっていた。五郎が主張した集団幻覚というほうがまだしも信じられた。

食事をするものはなかった。父は酒ばかり呷《あお》り、五郎はむっつりとしていた。

「通報しないのですか？」

わたしは、そんな家人たちの態度に我慢が出来ず、再び主張した。奇怪な出来事は、いったん脇に置いて、現実的な対応をするべきと、そう思えた。

「無駄だ」

父は、押し殺した声で云った。誰も異を唱えるものはいない。

拭《ぬぐ》えない違和感。

——どうして？　わたしのほうが間違っているの？

誰一人として、わたしに賛同してくれない。シズカさんですら、通報に関しては皆と意見を同じにしている。いったいどうなっているのだろう。

「話があります」

食堂に響く声で、五郎が云った。小声で相談をしていた父と九条が、会話を止めてそちらに注目した。

「主家夫人が殺害された件で、ひとつ確認しておくべきことがあるかと」

「何かね？」

父が、五郎に尋ねた。

「現場が密室であったということですよ」

「確かに鍵がかかっていたが、それが何だ？」

意図が見えない様子で、父は首をかしげた。

「これは何も難しい話じゃないと思えるのです。首が切ってあるとか、死体が誰だとか、浮遊する首の幻覚とか、不可解さに目を奪われてしまうかもしれないが、事件に対処するには事実だけに注目するのが一番です。

注目すべき事実とはつまり、主家夫人の部屋は、犯行時には施錠《せじょう》されていなかっただろうということです。犯人は残虐な犯行を終えると、犯行の発覚を遅らせるため、室内側から鍵をかけた。そうして露台から中庭へ出て行ったのに間違いない」

「道理だな。だが、それがいったい何なのだ？」

「わかりませんか？　この館の構造は四角形で、中をくり抜くように中庭が存在している。一度館の中を通らなければ、決して外には出られない。中庭から館への出入り口は、北棟にあるひとつだけです。他には窓だって存在しない。犯人は、城壁みたいな囲いの中に閉じ込められてるってわけですよ」

「なるほど。だが、犯人はどうして囲いの中へ逃げ込んだのだろうか」

「おそらく、我々が主家夫人の部屋の外で騒いだからです。あの時、犯人は犯行を終えた直後で、まだ室内にいた。それで、なんとか逃げようとして中庭へ出るしかなかった。そうだとするなら、もう対処は簡単ですよ。中庭へ出て行って犯人を捕まえてしまえばいい」

五郎は自信満々に云った。そうして周囲を見回したが、返ってきたのはきたのは困惑の眼差しだ。父と九条は互いに目配せし、

「事実がその通りなら、対処は簡単だろう。しかし、そうはいかんのだ。北棟の鍵は、今夜、しばらく開いていたのだよ」

「開いていたですって？　あれは開かずの扉ではないのですか」

「中庭の手入れが必要な個所があってな、それで開けたのだ。主家夫人の部屋で死体が発見されるまで、短い時間ではあるが、北棟の扉は出入り自由となっていた。先ほど、九条からその件について報告を受けた。すでに北棟の扉は施錠が行われているが――」

「犯人はわずかの隙《すき》を逃さなかったでしょう。もう館の中へ入り込み、あるいは逃亡しているかもしれないと、そういうわけですね」

歯痒《はがゆ》そうに、五郎は唇を嚙《か》んだ。

「通報すればいいのです」

わたしは立ち上がって再び主張した。これは素人がどうこうできる問題ではないはずだ。

「警察を呼べば、すべてはっきりします」

誰からの同意もなかった。わたしはだんだんと感情が昂《たか》ぶってきた。もやもやとしたものが胸の奥で膨らみ、皆の視線と相まって、もう我慢できないほど焦燥にかられる。

「わかりました。わたしが、報《しら》せてきます」

もうそこでじっとしていられず、食堂を後にする。

背後からの「待つのだ」という静止は無視した。

食堂のある南棟を出て、西棟との間にある正面玄関へ向かった。玄関の扉には、しっかりとかんぬきがかかっていた。大きく重いかんぬきを外すのは一苦労だが、扉を開け放つ。もうもうとした霧が館内へ流れ込んできた。

「お嬢様」

背後からの声にふり返ると、シズカさんが洋燈《ランプ》を手にして立っていた。

「夜の外出は危のうございます」

「わかっているわ。でも、外へ報せないと。人殺しがあったというのに、皆、ちっとも警察を頼ろうとしないのはおかしいわ」

「お嬢様は憶えておられないいいいいいいのでございいいます」

シズカさんは、そう指摘し、「健忘か、記憶の混乱なのか、医学的な解釈はともかく、この館を憶《おぼ》えておられない。それは知らないのと同じなのです」

「もちろん、自覚はあります。でも、今はそんなこと関係ないでしょう」

「いいえ、関係はございます。お嬢様は、なぜ通報が行われないのか？という点において、誤解されているのでございます」

「わからないわ。とにかく、わたしは漫然とあの場に居つづけるなんてできません。しかるべき捜査の行われることを望みます」

「通報が行われないのには意味があります――」

シズカさんの言葉を、わたしは最後まで聞かずに飛び出した。玄関を出て、前庭を進む。霧は濃く、一歩先も見通せぬほど視界は悪い。すぐに、後悔の念がよぎったけれど、今さらどうしようもなかった。

わたしが、すっかり頭に血を上らせて歩いていると、背後から洋燈の灯りがついてくるのがわかった。シズカさんが、心配してついてきてくれている。

館の敷地を出て、暗い森を貫く道を、ただ真っ直《す》ぐに歩いた。祠乃沢の森がどれだけ広くても、そのまま進んでいけば、外へと出ることが出来るはずだ。

霧に煙る中をしばらく進むと、開けた場所に出た。

――祠乃沢の森を出たのだろうか。

早かった。まだほんの小一時間も歩いてはいない。どうやら、わたしが住んでいた場所は、自分で思っていたよりも狭い場所のようだ。

そう思って、周囲を見渡す。違和感があった。

霧で視界不良だから、広々とした場所だと錯覚しているのかと思ったのだけれど、そうではない。本当に広い。霧の切れ目から、遮蔽物《しゃへいぶつ》のない空間が垣間見える。

まるで、雲海の中だ。

そして、絶え間なくくり返される、音の連なり。欠落していても、記憶の彼方から知識が呼び起こされる。

間違いなかった。

この場所は他とは違う、その認識に誤りはなかった。

「ああ……」

わたしは跪《ひざまず》いて、現実の厳しさを噛みしめた。背後から、洋燈を持ったシズカさんがやってきて側に立った。

「お嬢様は、祠乃沢の森が、どこの、どんな場所に在るかさえ、忘れている。通報を主張するのが、その証左でございます。ここは――」

周囲に広がるのは、さらさらと流れる砂地。

霧の向こうに垣間見えるのは水のうねり。

潮の香と、波の打ち寄せる音は、視界に広がるのが海だと告げていた。

「――ここは孤島。祠乃沢の森の周囲は、海であり、連絡船を待たねば、どこにも通報することはできません」

そして、シズカさんは微笑する。

「逃げ場はございません」

其の七　顔のない生者

失望は疲労となって四肢を鉛に変えた。

それでも立ち上がらなければならなかった。霧は密度を増し、垣間見えた波間さえ視界から消した。側に立ったシズカさんが手を差し伸べてくれる。ひやりとした感触が、これは現実だと教えてくれた。

「お嬢様、戻りましょう。これ以上はお体に障《さわ》ります」

「ええ、わかったわ」

もう反発したりはしなかった。シズカさんの先導で来た道を戻る。背後に聞こえていた波音は、森にはいると、すぐに霧の向こうへ消えてしまった。

「シズカさんは、知っていたのね？　祠乃沢が他の場所と隔絶しているということ」

「はい。こちらのお館へ来るまでに船を使いましたので承知していました」

シズカさんはそう応《こた》える。考えてみれば当たり前だ。彼女は、ここへやってくるまでに、この場所がどんなところか見ているのだから。

「それなら、教えてくれれば良かったのに。知っていれば、わざわざ飛び出してくる必要なんてなかった」

「お話ししようとしたのですが、すぐに出ていかれましたので」

「父たちは、通報が無理だからこそ、自分たちで対応しようとしていたのね」

「この島には――島というより、岬の先端にあたる部分で、潮の満ち引きによって内地と繋《つな》がるのですが――外部への連絡手段はございません。天候の良い昼日中であれば、海を泳いでいくことも可能かも知れませんが、この悪天候ではそれも危険でございましょう」

「人殺しが、この中にいるのね」

「はい、さようでございます」

さも当たり前だというように、シズカさんは云った。

「誰が、あんなことをしたのかしら。殺すだけではなく――」

首なしの死体が寝台に横臥《おうが》する光景を思い出す。わたしが押し黙ったので、シズカさんは立ち止まった。

「お嬢様、ひとつ確認しておきたいことがございます」

「何ですか？」

「お嬢様は、主家夫人の部屋で、死体の胸元に注目しておられましたね？　あれはどういう意図でございましょうか?」

「ごめんなさい、隠すつもりはなかったのだけれど……」

わたしは、素直にすべて話した。密会を目撃した夜のこと。主家夫人の胸に、牡丹《ぼたん》の刺青《いれずみ》があったことなどを。シズカさんは、

「非常に興味深いお話でございます」

「シズカさん、わかっていると思うけれど、父と主家夫人の関係については、口外しないで欲しいの。人に知られたい話ではないわ」

「ご心配には及びません。ご家庭内の秘密が漏れることは万が一にもありません。わたくしが興味深く感じられたのは、死体の胸に傷があり、それによって刺青の有無が不明になっているということでございます」

「あの胸の傷は、犯人が誤ってつけたものだと、貴女は解釈していたわね」

「さようでございます。あの場合では、そう判断するのが妥当です。しかし、お嬢様からもたらされた情報により、判断は修正される可能性を持ちました」

「……やっぱり、あの傷は刺青を隠す意図でつけられたのだと、シズカさんも考えるのね」

「ひとつの可能性でございましょう。死体には刺青が刻まれていたかもしれない。そうでなかったかもしれない。いずれにせよ、犯人はその一点を不明にしておきたかった。

だから、誤って傷つけたふうを装《よそお》って傷をつけた。そう考えられるのでございます。あるいは――」

　色のない唇が微笑し、

「――そう考えさせるために傷をつけたとも解釈できます」

「意図された行為だというの？」

「もちろん、一番高い可能性は、偶然につけられた傷であるということです。しかし、そうであるならば事件に別の意味が付加される事態になりますが……。いずれにせよ、確証を得なければ、判断できないものと存じます」

「確証といっても……」

　わたしたちに、いったい何ができるというのだろう。素人の手にはあまる事態だ。やはり、専門の捜査機関でなければ、対処は難しいと思えた。

「一計を案じる必要がございますが、それは不可能ではありません。そして、ゆいいつの確証は明白なのです」

「それは何？」

「首、でございます」

　そう云《い》ったシズカさんの表情は、夜霧のせいで見えなかった。

正面玄関から館の中へ入ると、シズカさんが扉を閉め、かんぬきで施錠《せじょう》した。

「良かった、お戻りだ」

小広間で待ちかまえていたのだろう、五郎がそう云って安堵《あんど》の表情を浮かべた。

「よほど探しに行こうかと思っていたんですよ」

「ご心配をおかけしました」

わたしは素直に謝った。状況をよく理解せずに、館を飛び出したのは軽率な行動だ。

五郎はうなずき、

「そこの使用人に止められたからね。自分に任せるようにと」

「そうだったのですか」

「でも、心配で、やはり探しに出ようかと思った。ただ、今度は伯父さんに止められたよ」

「父に？」

わたしが問うと、当の本人である父が、使用人たちとともに姿を見せた。少し憔悴《しょうすい》した顔で、

「無事でよかった」

駆け寄ってきてわたしを抱きしめてくれる。わたしは戸惑いながらも、抱かれた温《ぬく》もりの確かさに胸がいっぱいになった。

「ごめんなさい」

「ゆるしてくれ。後を追おうかとも思ったのだが、この館を留守にするわけにはいかない。なにせ、殺人を犯したものが徘徊《はいかい》しているのだ。使用人たちも危険にさらすわけにはいかないしな。これは当主としての責任なのだよ」

「わかっています。わたしが勝手に飛び出しただけです。わたしが悪いのです」

わたしは父に繰り返し謝った。優しい手が、髪を撫《な》でてくれる。

「物分かりの良い子だ。これからは、もう勝手をしてはいけない。安全なところにいて、大人しくしているのだよ」

「わかりました」

わたしには、父のいい付けに逆らう理由がなかった。そうだ、こんなによくしてくれる家族がいるのだから、不安に思う必要はない。父に慰められて、鬱然《うつぜん》とした気持ちは解《ほぐ》れていた。

五郎がやれやれと、

「無事で良かった。何があろうとも、家族が固まっていれば大事はないだろうから」

そう云って、五郎は踵《きびす》を返し、廊下を歩いて行った。

父と守原、九条も後に続いた。

わたしはとりあえず、ほっとした。

そうしてシズカさんを見ると、彼女は妙に底光りする瞳《ひとみ》で、皆が去ったほうを見ていた。

南棟の応接室で善後策が話し合われることになった。

わたしの着ている服は、濃霧の水気を吸って重くなっていた。背筋に寒気も感じていたから、一度自室へ帰り服を着替えた。シズカさんとともに応接室へと向かう。

部屋に入ると、壁の柱時計が鈍い金属音を発した。時刻は午後の九時になっている。窓から見える霧は相変わらず、晴れる気配はない。室内は、中央の卓を四つの長椅子が囲んでいる。

窓際に父が座り、洋酒を満たした杯を呷《あお》っていた。隣で、守原がお酌をしている。九条は少し離れた壁際に立って控えていた。五郎は、父の左隣で外を見ている。戸口に立つシズカさんが、手前の椅子へ座るようにと目顔で示した。

すぐにシズカさんが紅茶を淹《い》れてくれる。わたしはお礼を云って左手で西洋茶碗を口へ運んだ。相変わらず素晴らしく美味《おい》しい。

五郎は、横目でわたしを一瞥《いちべつ》してから、

「伯父さん、酒ばかり呑《の》んでないで、これからのことを話し合う必要がありますよ」

五郎が水をむけると、父は残っていた酒を呷ってからうなずいた。

「わかっている」

「主家夫人が殺されたんだ。漫然としちゃいられない」

「まずは、そうだ。何者があんな真似をしたのか、はっきりさせておく必要がある――」

父は、一同を見回してからそう云った。かなりお酒を呑んでいるはずだけれど、ろれつや態度におかしいところはなかった。

「――自分がやったと名乗り出るものはないか？」

皆が、互いを見ながら反応をうかがった。応える者はいない。

「旦那様、確認しておくべきことがあろうかと存じます」

シズカさんが、また口を挟んだ。五郎が、

「使用人が、口を挟むことではない」

「もっともなご指摘でございますが、使用人であればこそ、必要な助言を欠かすわけには参りません」

「……いいだろう。確認とは、なんだね？」

父が、五郎を手で制した。五郎は驚いて何か文句を云いかけたが、父が取り合う様子を見せなかったので口をつぐんだ。シズカさんは、

「基本的なことでございます。この祠乃沢の森の館にいるのが、わたくしどもだけなの

か、という点です」

と、云って皆の反応をうかがった。

「お前が知っている通りだ。ここにいるものが家人のすべてだよ」

「本当でございましょうか？」

シズカさんが父を見た。彼女の不思議な色をした瞳が、射るように宇江神家の家長を捉《とら》えた。

「いない」

「わたくしは、お食事の支度にもかかわっております。九条さんと、守原さんが、朝と、昼、夜の三回にわたって、家人以外のお食事を用意し、いずこかへ運んでいるのは承知しています」

シズカさんにそう指摘されると、父はちらりと九条をうかがった。表情には出さなかったけれど、父の目に動揺があった。

「何が云いたいのだ」

「幽閉塔」

彼女のひとことに、緊張が走った。「わたくしの知らない人物が、まだどこかにいるということを確認したいのでございます。おそらく、その方は館の中庭に棲《す》まわれているのではありませんか？」

「……たとえそうであったとしても、今回の事件には関係がない」

「なぜでございましょうか。関係が無いと断言される理由をお聞きしたいと存じます」

「殺人などにかかわることが出来ないからだ」

「もうすこし、詳しくお聞きしたいのでございますが」

シズカさんが問いつめると、父は陰鬱な面もちで、

「家庭の内情に関するものだ。お前は、我が家の使用人かもしれないが、そうしたことに踏み込んでいい理由はないのだよ」

「それなら、わたしもお聞きしたいです。わたしはこの宇江神家の人間。家庭の内情であれば、知る権利があるはずです」

わたしがそう云うと、父は渋面をつくって杯に手を伸ばした。すかさず、守原が酒を注ぎ入れる。

「……隠しておくというわけにもいくまい」

父は酒を一気に呷ると、九条と五郎にそれぞれ視線を送った。ふたりとも、表情は暗かったが否定の言葉はなかった。

「確かに、中庭には人がいる。この館の規模からして、中庭は相応の広さがあるのは理解できるだろう？　庭園があり、その中央、小さな別館に居るのだよ」

「誰が、どうして、そんな場所で人目を忍んでいるのですか？」

続けて問うと、父はからの杯を置いて沈黙した。どう説明すればいいのか、話しあぐねているふうだ。わたしは思い出した。いつかの、五郎の怪談じみた話だ。中庭には、先代の頃に、常軌を逸したものを、周囲と隔離してひっそりと過ごさせるための場所。つまり、座敷牢《ざしきろう》のような場所が存在するという話を。

「我が家と、縁のある人物だ……」

そうして苦いものを吐くように、

「正気ではないのだ」

と告げた。

しばらくの間、誰も言葉を発しなかった。沈黙を破るのは憚《はばか》られる雰囲気があった。わたしは父の語った短い内容を考えていた。

宇江神家が棲む、祠乃沢の館の謎。東西南北に棟があり、それを回廊で結んだ館は、内部に中庭を内包している。にもかかわらず、その中庭はうかがい知ることができないつくりになっている。主家夫人の部屋をのぞいて、建物のどこにも中庭に面した窓はなく、北棟に潜《くぐ》り戸のような入り口があるだけだ。その北棟の入り口にも、厳重に施錠が行われている。あの主家夫人の部屋だけが、中庭に面して掃き出し窓と露台《バルコニー》がつくられていた。

――中庭がうかがえない構造は、棲まう人間が正気ではないからだろうか。

ある得る話に思われた。夕食の前に、守原が運んでいた食事は、その人物のためのもの。そう考えると、つじつまが合う。五郎は先代の頃の話で、もう使われていないと云っていたけれど、実際は違っていた。世間の目から、完全に覆《おお》い隠し、存在すらしないことになっている人物が、今もいるというわけだ。

「旦那様、わたくしは徹底した職業意識でもって、お勤めをさせていただいております。ご家庭の事情を知ったとしても、一切、外部へ漏れるようなことはございません」

「そうであってくれればいいがな」

父は、守原に目配せして、杯に酒を注がせると、今度は半分ほど呑み干して、

「秘密であるならば、誰にも明かさぬほうがいい。人の口に戸は立てられんし、たとえ話さずとも、知っているという事実は、後々やっかいごとの種になるかもしれん」

「失礼ですが、珍しくない話と存じます。身分在る家柄であれば、世間から奇異な目で見られる人間を隠したいと考えるのは必然。わたくしも、そうした事実を幾度か目にする機会がございました。そう――」

心なしか、シズカさんの灰青色の瞳に光が見える。

「――旧家にまつわる定番の因縁話でございます」

含みのある語尾はかすれ、他の者の耳には届かなかっただろう。側にいたわたしだけには聞こえた。父は、

「……理解しているのであればいい」

「旦那様、祠乃沢の館に、存在を隠されている人物がいる。その事実は、疑惑を喚起するものでございます」

「……思い違いだ。あれに、主家夫人を殺すことはできん」

「正気でないとしても、疑惑から外れることは――」

　シズカさんはそう云いかけたが、

「できん。お前は、幽閉塔、と表現したな。それはある意味では正しい。まったく、人の考えることは、誰も彼もが同じなのだ。正気でないものを隠そうとすれば、やはり出入りを禁ずるのがもっとも良いのだ」

「牢のように、幽閉されているとおっしゃるのでしょうか？」

「そのとおり。閉じられた中庭には、幽閉塔があり、そこから、あれは一歩も出られんのだ。そういう運命なのだよ」

　父の説明を、シズカさんは信じたわけではなかったと思う。表情はいつもどおりで、何を考えているのかよくわからないけれど、わたしにしてみても、会ったことのない人の潔白を信じるのは難しかった。

「わかりました。とりあえず、その件は後回しにいたしましょう。もうひとつ、確認しておきたい事実がございます」

「……今度は何だ？」

「ご遺体でございます」

「遺体？」

「──あれは、本当に主家夫人なのでございましょうか？」

彼女の放ったひとことは、わたしが考える以上の効果を、その場に集ったものに与えた。皆が顔をこわばらせ、目を見開いた。そうして、異様な緊迫を漲《みなぎ》らせた。

「お前の主張した入れ替わりというやつかね？　本気で思っているのか」

「今夜の事件は、そんなに単純ではないとわたくしは考えます。犯人は、被害者が奥様であることを示威したのでございます。その理由が気になるのです」

「……知らん」

父は、間をおいてそう答えた。慎重に言葉を選んだようだ。

「では、やはり、疑惑は晴れません」

「爪の件を持ち出したのはお前だろう？」

「さようでございます。そして、それは犯人が意図したものでもあるのです。加害者の意図を真に受けて、誤誘導を疑わないのは愚かしいと云えるでしょう。意図されない絶対の証拠がもうひとつ必要なのでございます──」

「いったいどうしろというのだ？」

父は問い、彼女は薄く嗤《わら》った。

「――首実検でございます」

其の八　顔のある死体

応接室には、柱時計が刻《とき》を打つ音だけが在った。シズカさんの放ったひとことは沈黙を呼び、誰も彼もが口を閉ざした。

父は、シズカさんを見すえていた。そのまま何も語らず、すべて秘密のままにしておくつもりなのかとも思えたけれど、そうではなかった。

「首実検か」

「さようでございます。首を探し、それが主家夫人なのか確認するのです」

シズカさんの主張に、父は疲れた笑みを浮かべた。

「まるで芝居を見るかのようだ。首をあらためるなどと」

「現実に必要な措置であると思われます」

シズカさんは断固として主張した。

「しかし、問題がある。犯人が持ち去っているのだ。その意図や解釈は、この際、わきに置いておくとして、ないのだから話にならんだろう？」

「――あれは、どこかに飛び去ってしまったかもしれませんよ」

五郎が冗談めかして口を挟んだ。言葉とは裏腹に、目に恐怖があった。父は表情を強《こわ》張《ば》らせて、

「集団幻覚だと主張したのはお前だろう」

「まあ、そうですけどね」

五郎は首をすくめた。シズカさんがあらためて、

「探すしかございません」

「犯人が、そう見つかるような場所に隠すと思うかね？　わざわざ、持ち去って隠したのだ。よほどの愚か者でない限り、簡単には見つからぬ場所に隠すだろう」

「いいえ、見つかります」

シズカさんは断言した。

「なぜそう云いきれる？　在りかに見当がついているのか？」

「どこにあるかはわかりません」

「ならば、どうして自信満々に見つかるなどと主張できるのだ」

「犯人が首を出すからでございます」

シズカさんの応《こた》えに、父は言葉を失った。

「お忘れでございましょうか？　この祠乃沢の森は閉ざされております。隔絶された島、

周囲は海で、外部と連絡をとるどのような手段も存在しない。そして、閉ざされた内部にいるのは、限られた人間のみでございます。すなわち、この場にいるものと、中庭に棲《す》むという謎の人物が、疑わしい人間のすべてなのです――」

シズカさんは、窓の外、霧の煙る夜の闇《やみ》を見やってから、

「――旦那様のお言葉どおり、中庭の人物が幽閉され、自由を制限されているのならば、答えは明瞭《めいりょう》ではございませんか。犯人はこの中にいるのです。

今、わたくしの目の前にいて、わたくしの声を聞いているものの中に。

そうであれば、犯人は隠匿した首を提出せざるを得ないのでございます。

なぜなら、犯人にとって、あの死体が主家夫人であると、どうしても認識される必要があるからです。その理由は定かではございません。ただ、爪の件で、手袋を外した行為は、その必要性を強くうかがわせるものです。

だからこそ、わたくしは、あの死体が誰であるのかという点に関して、疑問を提示するのでございます。これは犯人にとって都合が悪いものでしょう。もう一度、証拠を明示する必要がある。

その一番の証明となるのが、死体から持ち去られた首でございます。

それが明示されれば、あの死体が誰であるのか、これ以上ない証明となりましょう」

シズカさんは、一同を見回した。その瞳《ひとみ》に映る人物たちの中に、犯人がいる。そう確

信しているのだ。挑発し、強制している。

首を出せ、と。

わたしは、自分の手が震えているのに気がつき、胸元できつく握りしめた。

怖かった。

事態が思いもよらない方向へと転がっていく。誰かがふいに首を出しそうな気がした。

「そんな、はったりじみたものに引っかかると思うかね？　犯人が応じて、それを差し出すと、本気で考えているのか？」

父の顔にはあきらかな動揺があった。胸中を隠そうと、口調は強く叱《しか》りつけるような響きを含んでいた。

「考えております。犯人にとって、もっとも重要なのは死体が主家夫人と認識されることでしょうから」

「百歩譲って、犯人が応じたとしよう。首実検を行い、それで、死体が誰なのか認識される。いったい何の意味がある？　お前が主張するように別人である可能性が――」

「首が提出されたとき、死体が別人である可能性はございません。顔のない死体は、主家夫人本人であり、他の可能性は除外されます」

「お前が云っていることはいちいち矛盾している。死体が誰なのか確認するために首実検を行うのだろう」

「矛盾はしておりません。死体が別人であった場合、犯人は決して首の提出には応じないでしょう。それは、主家夫人が犯人であることを証明してしまうからでございます」

シズカさんの冷静さと裏腹に、父は感情をあらわに卓を叩《たた》いた。

「お前は、入れ替わりの可能性を疑っているのではないのか？　あの死体が別人であると、主家夫人が犯人だと疑っているのだろう？」

「わたくしの確信は、そうではありません。あの死体は本人であり、犯人はその証明を行う必要性に迫られる。だからこそ、首の提出は行われ、首実検は成立するのでございます」

「死体が本人なら、入れ替わりではない」

「他の誰かではない、としたら？」

シズカさんはまた、あのほのめかしをくり返した。父の底光りする眼差《まなざ》しと、シズカさんの冷たい視線が交錯する。やがて、

「……好きにするといい」

父は嘆息して杯を置いた。「お前の戯言《たわごと》を、犯人が鵜呑《うの》みにするものか、試してみるのもいいだろう」

「では、そのように」

シズカさんは優雅に一礼した。それから、

「お嬢様がお疲れのご様子ですので、下がらせていただきたいと存じますが」

こちらを見て、そう云った。父は無言でうなずいた。

「では、後ほど。……お嬢様、お部屋へ戻りましょう」


自分の部屋に戻ると、重い疲労を感じた。この館で目覚めてからの体調不良は、かなり良くなってきていたとはいえ、色々なことがありすぎた。

顔のない死体、森の外への逃避、戻ってからの問答……。

——もう休みたい。

そう体は訴えていた。それでも、頭ははっきりとしていて、眠気を遠ざける。寝台に腰かけて、窓の外を眺める。霧はまだ晴れる気配がない。

そのとき、廊下側で扉を叩く音がした。

わたしはシズカさんを見る。彼女は、足音を殺して扉の前に立った。

「このような夜分に、どちらさまでしょうか？」

「……わたくしです、守原ですわ」

それは確かに、使用人の守原の声だ。シズカさんが、わたしに目顔で訊《たず》ねた。

——守原さんが、いったい何の用？

拒む理由はなかったので、扉を開けるようにシズカさんへ云った。

扉が開かれると、守原は廊下を見回してから、素早く部屋へ入って扉を閉めた。

「守原さん、今夜は不用意に歩き回らないほうがいいわ」

「承知していますわ」

守原は、きぜんと答えてシズカさんを見た。どうも、二人だけで話したいようだ。

「シズカさんにはいてもらいます。それが嫌なら、お帰り下さい」

「……わかりました」

憮然《ぶぜん》として、守原は応える。化粧気のない白い顔が、洋燈《ランプ》の灯りに映え、仮面めいて見えた。ほのかに、甘い異臭を感じる。吸っている煙草《タバコ》の臭いが体に染《し》み付いているのだろう。赤く、薄い唇を舐《な》め、

「要件があってきました」

「どんなお話でしょうか？」

「わたくし自身のことです。わたくしは雇われたのです。入ってからそんな日は経《た》っていません。新入りにすぎないのですわ」

「それは、ええ、知っていますが――」

いきなり何を云いだすのだろう。わたしは彼女の意図を勘ぐった。守原は体の前で手を合わせ、さかんに白い前掛けの裾をいじっている。

「――それが要件なのですか？」

「そうです。つまり、わたくしは狙《ねら》われる理由はないってこと、申し上げておきたかったのですわ」

守原がそう云ったので、わたしにもなんとなく見当がついた。なぜかはわからないが、彼女はわたしが犯人だと思っている。

「待って、わたしは犯人じゃない。そんな話をされても……」

「云ってくだされば、いつでもお嬢様の味方をしますわ。ちょっといいお勤めだって、誘いにのりましたけれどね。命がけだなんて、冗談じゃありません。申し上げたかったのはそれだけです」

守原は云うだけ云って背を向けた。

「貴女、勘違いしている」

「勘違い？」

扉を開けて出て行こうとした守原が振り向いて、

「幽閉塔からは出られない。そうだとするなら、答えは決まってるじゃありませんか」

そうつぶやくと、あとはもう何も云わず廊下へ出て行ってしまった。

「どういうことかしら？」

わたしには、守原の意図が理解できなかった。シズカさんは、

「守原さんは、古くからお仕えする使用人でございましょうか？」

「いいえ、ちがうはずよ。わたしが記憶を失ってから、父に色々聞いてみたのだけれど、守原さんは先代のお爺《じい》さまが亡くなった後に入った人のはずよ」

「では九条さんと、あまり変わらないわけでございますね？」

「ええ、そう云われるとそうね」

わたしは、シズカさんの意図がよくのみこめず、生返事をした。

「非常に奇妙でございますね」

「何が？」

「わたくしから見て、守原さんの仕事ぶりはさほど感心するものではありません。お洗濯も、お掃除も、着替えの手伝いやさまざまな雑事においても、まちがいがあったり、手際《てぎわ》が悪かったりといった点が目につくのでございます」

「それは、シズカさんに比べたらそうでしょう」

わたしは、シズカさんがいかに仕事のできる人かを知っているので、なかなかぴんとこなかった。

「比較ではございません。彼女は職業的な使用人ではないと、そう思えるのです」

「前職は別のことをしていたのかもしれない。使用人のすべてが、専門にやっているとは限らないわ」

「宇江神家は由緒ある商家でございます。お館は広大で、家人の皆様方のお世話には手間がかかります。そうした事情で、素人を使用人として雇い入れるでしょうか？」

「父の判断だもの」

「いずこからの紹介でしょうか？」

「そこまではわからないわ。シズカさんのように、香呂河家からの紹介かもしれない」

「香呂河家は、政府にも影響力のある豪商です。宇江神家と同じように貿易業を生業《なりわい》としていますが、それは異国の情報を仕入れるためでもあるのです。お仕えするのは、皆、専門の職業人ばかりでございます」

「シズカさんも、香呂河家とつながりがあるのね？　異国との関係が？」

わたしは、別のことが気になった。今までは疑問を抱かなかったけれど、香呂河家はどうして、シズカさんを宇江神家へ派遣したのだろう。わたしの世話係が必要で、それで香呂河家に人材のあっせんを頼んだ。そんな経緯《いきさつ》だと信じていた。

でも、本当にそうなのだろうか。

「香呂河家は、遠戚《えんせき》の宇江神家が混乱するのを嫌っているのでございます。先代が若い婦人を娶《めと》ると宣言したときから、懸念《けねん》がありました。それで、わたくしを家内へ入れて、治めようと考えているのです」

「そんな理由だったのね。でも、どうして香呂河家は、宇江神家が混乱するのを嫌っているの？」

「露西亜《ロシア》との通商貿易の関係でございます。先代さまは、露西亜と深いつながりがありました。それは現当主の和意様にも継がれているはずなのです」

「露西亜との関係……」

「政府や、政府と密接な香呂河家は、かの国との関係を重視しています。宇江神家に、何らかの役割を期待しているのでございましょう」

「政治的なものなのね。シズカさんも、そうしたお役目があるのね？」

「わたくしに、そこまでの判断は致しかねます。ただ、使用人としてお仕えする。それだけでございます」

「わからないわ。わたしに、とてもよくしてくれるのは、香呂河家に頼まれたからなの？」

「……そう思われますか？」

シズカさんは、そう微笑した。怖い時の笑みではなかった。

「――お話を元に戻します」

彼女は笑みを消して、「つまり、宇江神家に仕えている守原と云う人物は、職業的な使用人ではなく、どういった経緯で雇われたか不明の人物ということでございます」

「ええ、確かに」

「その人物が、自分は雇われているだけなのだと弁解する。はたして、その意図はどこにあるのでしょうか？　いったい彼女は誰に雇われているのか？　そして、何のために雇われているのか？　非常に興味深くございますね」

「それは――」

思案していると、
絶叫が空気を震わせた。

長く長く尾を引いた声は、不穏にぶつりと途切れた。

わたしは困惑して、シズカさんを見た。

彼女は鋭い視線を扉に向けた。

「何事かあったようでございます」

「今の声――」

「この西棟ではございませんね」

そう云って、シズカさんは扉を開いて廊下を確認した。何が起こったのか確認しに行くつもりなのだろう。

わたしは、立ち上がって彼女に続いた。「わたしも行く」

シズカさんは一度だけこちらをふり返り、後は急ぎ足になって進んだ。

彼女は走っているふうでもないのに、とても足が速かった。声が聞こえた場所を探して、機敏に各部屋を見回っている。すぐに背中が遠ざかって見えなくなった。

わたしは息を切らせながら、ふらふらになって進んだ。

絶叫が聞こえた場所を特定するのは難しかった。この館は広大で、回廊を通してよく音が響いた。

かなり時間を使って、一階の正面玄関、小広間へ入った。

そこで、ようやくシズカさんに追いついた。彼女は、小広間の中央に立って、玄関扉を見つめていた。

「何事だ」

父と九条、五郎の三人も駆けつけてきた。そして絶句する。

わたしも声がなかった。

扉の前には、奇怪なものが鎮座していた。

それは使用人の服を身につけている。藍《あい》色の洋装に、白い前掛け姿だ。しかし、元の色がわからないほどに変色していた。

噴き出した赤によって。

「あれは、守原か？」

疑問を口にしたのは、父なのか九条なのか。ただ、その質問に答える術《すべ》はない。

なぜなら、死体には首がなかったから。

顔のない使用人の死体が、扉の前に座っている。

しかも、それだけではない。

首なし死体の膝《ひざ》のあたりに、首が載せられていた。死体の両手は首を抱くように添えられている。

誰もが言葉を失った。

ただ、シズカさんがゆっくりとした足取りで近づき、首を覗《のぞ》き込んだ。

色のない唇が、微笑の形に刻まれた。

「他の誰かではないとしたら？」

其の九　顔のない死体と提示された首

扉の前に鎮座する首なし死体。

そして、その死体に抱かれた首。

床や扉に散った大量の赤は、鮮やかで悪寒《おかん》を誘った。

「殺害されたのは、守原さんでしょう」

シズカさんは、その異様な死体を前にしても動揺を見せなかった。そう断定して、死体を観察した。

「殺害されて間もありません。わたくしたちが悲鳴を聞いて駆けつけるまで、時間がかかりました。殺害現場はこの場所で、ここで切断されたと考えて間違いないでしょう。凶器は、大ぶりの鉈《なた》か斧《おの》を使用した」

「同じ、手口か……」

五郎がうめく。シズカさんは、

「同じではございませんね。主家夫人の時は、殺害してからのはずですが、これは生きている状態で行われたと考えられます。そうでなければ、この惨状を説明できません」

「い、生きているときに……」

五郎は、うめくと口元を手で押さえた。

「さようでございます。そうして、首を持ち去った」

「持ち去った？　しかし、そこに置かれているじゃないか」

五郎は、死体の膝に載っている首を指した。

「よくご覧になって下さいませ。ここにある首は主家夫人でございます」

「なんだと」

五郎が進み出て、凝視した。

「た、確かに主家夫人だ……」

「旦那様、間違いございませんでしょうか？」

シズカさんは、呆然《ぼうぜん》と立ちすくむ父に質問した。父は、厳しい顔で近寄り確認した。

「主家夫人だ」

父は、押し殺した声で認める。

わたしは少し離れた位置から、怖々見てみる。死者の顔と、生者の顔では変化が生じていて、わかりにくかった。それでも、主家夫人だとわかる。泣き黒子《ぼくろ》の位置まで同じだから、似た容姿の別人ということもあり得ない。

「首実検は完了でございます。東棟で殺害されたのは確かに主家夫人であると確認がなされました」

シズカさんの宣言。

犯人は応じた。首を出せと云うシズカさんの求めに応じて提示した。そうまでして、死んだのが主家夫人だと認めさせる必要があった。

――いったいどうして？

頭が混乱してきた。

五郎が取り乱した様子で、

「いったいどうなっているんだ？　なぜ、犯人は首を戻したんだ？　しかも、新しく首なし死体をつくって……」

「合理的な考えでございましょう」

対照的にシズカさんが冷静に応じた。

「合理的だと？」

「これは連続殺人でございます。おそらくは、最初からそのつもりであったでしょう。最初に主家夫人を殺害し、偶然か必然か――偶然の可能性が高いですが――二番目として守原さんが殺害された。ただそれだけのことでございます」

「最初の被害者の首を切り、二番目の被害者の死体の膝に置いておくのが合理的か？」

「首は、求めに応じて返還されたに過ぎません。どうせ戻すなら、発見される第二の被害者と一緒にしておけばいい。そうすれば、時を同じくして発見されるでしょう。それぞれを別々に放置するより、手間が減って合理的です」

「狂っている」

五郎はそう云ったが、シズカさんはやはり首をふった。

「いいえ、論理的です。考え、そして決断している。狂気に憑《つ》かれ、理性を失ったものの犯行ではございません。冷徹で、人間らしく、それがゆえに残酷です」

後は言葉もなく、沈黙があった。

重苦しい空気を払うように、父が口を開いた。

「死体を片づけるのだ」

父に命じられ、九条が毛布をとってきた。守原の死体を包むつもりらしい。五郎も嫌々ながら手伝おうと前に出る。シズカさんが一歩前に出てそれを制した。

「その前に、もうひとつだけ確認しておくことがございます」

「今度は何だ？」

五郎を無視して、シズカさんは首なし死体の胸元へ手を伸ばした。赤に染まった洋服の釦《ボタン》を外している。

「やはり――」

シズカさんは、露出した胸元を見ていた。誰かがうめく声が聞かれた。

──あれは、そんな。

わたしも見た。信じられないものがそこにはあった。

刺青《いれずみ》。

そこには、牡丹《ぼたん》が刻まれていた。


守原の死体は、小広間近くの空き部屋に安置された。結局、話を聞くことはできなかった。何かを知っているふうで、期待したのだけれど、その口は永遠に封ぜられてしまった。

主家夫人の首は、彼女の部屋に運ばれ、そこにある胴体と一緒にされる。そこでもう一度、首と胴体側の切断面が比較された。疑うべき余地はなかったが、念には念をと、シズカさんが主張したからだ。

切断面は一致した。これで、疑うべき余地はなくなった。

シズカさんは、さらに正面玄関の頑強なかんぬきに注目した。

「血がかかっていますね。鍵箱《かぎばこ》にも、かんぬきにも」

「かんぬきはしっかりとかかっている。誰も館から出ていない……」

血塗れた扉が示す事実は、犯人はまだ内部にいるということだ。

家人は、もう一度応接室へ集まった。

シズカさんがお茶の支度をして、皆に出したが、手を付けるものはなかった。父が、洋酒の酒瓶に、直《じか》に口をつけて呷《あお》った。

「主家夫人に続き、守原までもが殺された……」

酒瓶を放り出し、父は周囲を見回した。

「一人ではなく、二人が殺された。まだ殺すつもりか？」

「伯父さん、そんな、まさか……」

五郎は、信じられないというふうに口を開いた。

「そうではないと云いきれるのか？　これが、我が家を皆殺しにしようという企みでないと、断言できるのか？」

「それはあまりに極端ですよ。まったくこの世の出来事じゃない」

苦渋とともに、五郎はしぼり出す。側《そば》に控えていたシズカさんが、一歩前に出た。

「旦那様のご懸念が正しいかと存じます」

「……そう考える根拠はなんだ？」

父は、再三にわたって口を挟んでくる使用人に、もう達観した様子だ。五郎は疑問の視線だけを向け、九条は沈黙を守っている。わたしは紅茶の満たされた西洋茶碗に視線を落とし、耳だけ澄ませていた。

「命を狙《ねら》う標的が、二人までである場合、犯人はこの場に留まり続ける意味がないからでございます」

「つまり、目的を達成した犯人は逃げ去るだろう、ということかね？」

「さようでございます。犯人にとって、疑惑の対象として詮索《せんさく》され続けることに意味はありません。また、可能性はわずかですが、警察がやってくるかもしれない現場に留まり続けるのは危険でもあります。目的を達成したならば、逃げ去るのが当たり前でございましょう」

「そうしていない。誰ひとりとして、館から姿を消していないのだから、まだ企みは続いているということだな」

「犯人の目的は達成されていないと、そのようにお考えになるべきと存じます」

「逃げられないだけじゃないですかね？」

五郎が口を挟んだ「祠乃沢の森の周囲は海だ。我々が出て行けないように、犯人も今夜は出て行けないというだけでは？」

「そうであっても、目的を達したならば姿を消すでしょう。詮索の結果、犯人と判明したとき、他の者がどのような行動を取るか火を見るよりあきらかでございましょう」

シズカさんの指摘はもっともだ。殺人犯だと露見したら、他の人は取り押さえて自由を奪おうとする。それが身の安全のためだから。

「それで、誰が――」

父があらためて皆を見回した「誰がやったのかね？」

沈黙が答えとなった。誰も、自分がやったなどとは云い出さない。

「旦那様、犯人の意図はともかく、それが強い意志によって行われているのは事実でございましょう。今さら、名乗り出るとも思われません」

「……そうだろうな。ならば、どうすればいい？　我々にできるのは、ただ怯えていることだけなのか？」

「顔のない生者であれば、顔のない死者になることはない――」

謎めいたひとことに、皆の視線が集まった。シズカさんは、

「――つまり、逆説によって対策を行えばいいのでございます」

「……わかるように説明してもらえるか？」

「はい。犯人は主家夫人、使用人の守原さんを殺害しています。生前か死後かを問わず、その首を切って持ち去るというのが共通しているのでございます。

であるならば、こうも云えるのでございます。

犯人は、犯行を行うにあたって、必ず首を切らなければならない、と」

驚愕《きょうがく》の視線が交錯した。

「それさえわかってしまえば、対策は可能です。

すなわち、
首を切れないようにすればいいのでございます」

其の十　顔のない生者の問題

柱時計の時刻は十一時を指していた。

今日が終わろうとしているのに、霧は晴れず、夜の闇《やみ》はいっそう深い。

混迷の最中、シズカさんが提案した対策は、誰にとっても突拍子もないもので、容易に信じられなかった。

それはわたしも同じで、ただただ、驚いて彼女を凝視する。

「首を切れないようにするって、いったいどうするつもりだ？　鋼鉄の襟巻きでもするのか」

五郎が、かわいた笑いとともに聞いた。

「首に何か防御策を施すのは、現実的ではございません。それには限界があります」

「ではいったいどうするんだ？」

「顔の皮を剝ぐのです」

シズカさんの言葉に、今度こそ全員が仰天した。

「お、お前、気は確かか！」

「まったく正常でございます」

表情を変えず、シズカさんは、「犯人は、殺害にあたって、必ず首を持ち去ります。動機は不明ですが、それは犯人が首に何らかの価値を見出しているからだと考えられます。であるならば、その価値を無くしてしまえばいいのです。

犯人が欲しているのは、予定している被害者の首。

それが何者であるか不明な首は、犯人にとって価値のないものでしょう。

特徴を消すため、皮を剥《は》ぐだけでなく、髪も剃《そ》ります、いえ、それだけは不十分ですね。まつ毛を引き抜き、歯も抜きます。いっそ耳と鼻も削《そ》いでしまうのがいいかもしれません。これで、見た目は誰なのか判断できなくなります。犯行を続ける理由は無くなるのでございます」

「暴論だ！　とんでもないぞ、この女は！」

五郎は、叫んで立ち上がった。

「暴論などではございません。当然、考えるべき対策です」

「当然？　当然だと？　わたしたち全員に、厨房《ちゅうぼう》の包丁か何かで、自分の顔の皮を剥いで見せろと云うのか？　髪を剃り、まつ毛を抜き、歯を抜き、耳と鼻を削げだと？　そんな真似が出来ると思うか？」

「落ち着いてくださいませ。最後まで、きちんとお聞きいただきたいのでございます」

「これが落ち着いていられるか！」

五郎はすっかり興奮した様子だ。激昂《げきこう》すると歯止めがきかなくなるらしい。叫ぶ彼に、父が毅然《きぜん》と語りかけた。

「五郎、座れ。とんでもない話だが、最後まで聞いてみよう。頭の良い使用人が、どんな奇策を練ったものか、拝聴しようではないか」

そう云われ、五郎は何度か大きく息をついた。それから椅子に座って、

「……い、いいだろう。最後まで聞こうじゃないか」

「では、続けさせていただきます。犯人は首切りにこだわり、首に価値を見出し、これを奪おうとするのですから、わたくしたちはそうさせないようにしなければなりません。首を切らせないようにする、というのが最上の策であるのはあきらかです。

何らかの防御を施して、物理的に防ぐ方法をとったとしても、犯人は何とかして死体から首を持ち去ろうとするでしょう。たとえ多少の手間や時間がかかっても、あきらめさせるほど強固な防御を実現するのは容易ではありません。

ですから、心理的な防御を行い、阻止するのでございます。顔の皮を剝ぐという宣言は、一種の予防的な措置なのです」

「予防的？　もっと具体的に話してもらおうか」

「はい。顔の皮を剝ぐというのは、あくまでも最後の対策です。次に犯行を行った場合、被害者側がそのような対策に出ると、そう犯人が認知していればそれでいいのでございます」

「……なるほど、云わんとすることが徐々にわかってきた」

五郎は、口をへの字に曲げて考え込んだ。シズカさんは、

「これ以上殺人を犯せば、予定された首切りはまったく意味をなさなくなる。犯人がそうした認識を持てば、犯行を踏みとどまるでしょう。少なくとも、そのまま殺害を実行することはないと考えられます」

「踏みとどまらなかったら？」

「その時は――」

シズカさんは微笑する――

「いくつか疑問がある」

「なんでございましょうか？」

「まず、犯人の計画が、次のひとりで終わりだった場合だ。お前の対策は、犯行が最後まで続いた場合を想定している。次で犯行が終わるなら、犯人はその被害者の首を、何の障害もなく得ることになるぞ」

「犯行は、少なくとも、あと二人以上は続くでしょう」

「なぜそう云いきれる？」

「犯行が次の一人で終了となるなら、被害者は合計三人です。そもそも、閉鎖状況における連続殺人で、内部の人間の半数以下を狙うのは不合理です。それならば、もっと他の状況において容易に犯行が可能でしょう。このとき、この瞬間を狙《ねら》った必然性から考えて、内部の人間の大多数を標的にしていると考えるのが妥当です」

「次の一人で終えるなら、この状況は割に合わない、か」

「はい。閉鎖状況での殺人は、犯人にとっての危険をともないます。常に疑惑から逃れ、監視をかいくぐって犯行を成功させなければなりません。対象が少人数では割に合わないのです。皆殺しか、例外的に犯人の意図した者を残す。そう考えて、間違いないでしょう」

「次の疑問だ。犯人が拘泥《こうでい》しているのはわかるが、お前が考えるほど首の人相に価値を見出していなかったら、どうするのだ？」

「その可能性は低く思われますが、そうであっても、予防線としては機能いたします」

「最後の疑問だ。お前が犯人で、これが犯行計画の一部でないと、そう云いきれるか？」

五郎の問いに、シズカさんはふっと唇を歪《ゆが》めた。

「証明は不可能でございます」

「……そのくらいでよかろう」

父が、シズカさんと五郎を手で制した。それから、

「わしからも聞いておきたい。お前は、その提案が拒まれた場合にどうする？　娘を守るために、いっ、いっ、いったいどうするのだ？」

「必要な措置を講じます」

強い瞳《ひとみ》の輝きは、彼女が本気であることを物語っていた。

――この人はやるにちがいない。

殺人を防ぐためなら、どんな手段も厭《いと》わない。

畏《おそ》れで、体が震えた。

「わかった、同意しよう」

父の言葉に、五郎と九条が目を見開いた。

「ほ、本気ですか？」

「その使用人は、わしらが拒否しても、次の犠牲者が出たら躊躇《ちゅうちょ》なく実行する。他の者の皮を剝ぎ、自らの皮を剝いで、犯行計画を潰《つぶ》す。犯人は残忍にちがいないが、対抗しようとする者の中に自分以上に残忍なものがいるとは思わなかっただろうな。冷酷非情な悪魔を相手にしようとは」

「ご理解いただけて、なによりでございます」

優雅に一礼して、シズカさんはまた微笑《ほほえ》んだ。

其の十一　対策破り

　夜は更《ふ》けていく。

　奇怪な対策――それははたして対策と呼んでいいものなのだろうか――が決まってから も、家人は応接室に留まり続けた。皆で集まっていれば、何も起きることはない。そんな幻想にすがっていたかった。

「わたしは、自室へ下がらせていただきたいのですが」

　九条が、父に申し出た。父は、視線だけ執事へ向けうなずいた。

「何かあればお呼び下さい」

「うむ……」

　父の返事を聞いて、九条は廊下へ消えた。

「いいんですか？　ここに皆で一緒にいた方が……」

　五郎は不安そうに云《い》う。

「ずっとこのままというわけにもいかないだろう」

「そうですがね……」

五郎は時計を見た。わたしもつられて時刻を確認する。十二時だ。まだまだ朝は遠い。天候も回復する兆《きざ》しはない。

「それぞれ、自室へ戻って休んだほうがいいかもしれん」

「殺人犯がいるのに、ですか？」

「扉に鍵をかけて、用心すればいい」

「仕方ないですね……」

五郎は渋々同意した。

「部屋に戻って鍵をかけ、誰も入れないように」

父にそう云われ、わたしはうなずいた。

「旦那様、わたくしがお嬢様とご一緒しても構いませんでしょうか？」

シズカさんが、そう申し出た。「お嬢様をお守りしたいと存じます」

「うむ、頼んだ。本当はわしが一緒にいてやりたいが、お前の方が娘の役に立ってくれるだろう」

父はそう云って立ち上がった。

「信用していただき、ありがとうございます」

シズカさんは、一礼して父と五郎を見送った。

「こんなに不用心で大丈夫かしら？」

「用心をすれば、身の安全がはかられるというものでもございません。人は眠り、食事をしなければなりません。誰も、完全に自分の隙《すき》を無くすことなどできないのです」

シズカさんは、そう云ってわたしに部屋へ戻るよううながした。

「でも、皆で一緒にいれば、安全の確率は高まるのじゃない？」

「きっと早々に、お嬢様が限界を迎えられるでしょう」

シズカさんの云うことももっともだ。家人の中で、一番体力に不安があるのがわたしで、長時間の不眠不休には耐えられそうにない。

「……それにしても、いささか不用意ではありますが」

彼女は、含みのある言葉とともに父の去った廊下を見た。

「不用意って？」

「わたくしは、当家に雇われてから日が浅い立場でございます。一人娘のお嬢様を預けるのに、旦那様は不安を抱かれないのでしょうか？」

「お父様は、シズカさんを疑っていないのよ」

「さようでございましょうか」

二人で部屋へと戻った。

しっかりと中から鍵をかける。施錠《せじょう》が終わると、どっと疲労を感じてため息が漏れた。

せっかく二人きりになったので、わたしはシズカさんに色々と聞いてみることにした。

「シズカさんが云ったあの首切りの対策、本当に効果があるの？」

「ございません」

シズカさんはきっぱりそう云う。わたしは彼女を凝視して、

「だって、犯人が首切りを躊躇《ためら》う理由になるのじゃないの？」

「もし、そうであっても、その気になれば、複数の死体をつくり出すことによって、犯人の目的は達成されます」

「残りの全員を殺害するとか？」

「はい。全員とはいかないまでも可能でございましょう。今のところ、犯人は一人ずつ殺人を行うという過程にこだわっています。おそらくは、犯行の手間によるものでしょう。ただ、さほど重要とも思えませんので、目的達成のために変更を行うのはあり得ます」

「効果がないなら、どうしてあんな提案をしたの？」

「犯人の反応が知りたかったのでございます。情報をまき、牽制《けんせい》を行って、相手がどのような狙《ねら》いを持つか。そしてそれを確かめるまでの時間を得るのが狙いです」

「顔の皮を剝《は》ぐ、と提案することでそれがわかるの？」

「なぜ、被害者が被害者本人でなければならないのか？　わたくしが知りたいのは、首

切りをする理由、その本質的な問いに対する答えです」

「よくわからないわ。誰かを狙っているのだから、その狙っている本人であるというのは当たり前じゃない？　別人を襲ったりしたら、意味がないのだから」

　わたしは、お手上げだというふうに寝台に横たわった。乾いた敷布の感触が心地良かった。気を張っていて、忘れかけていた眠気が戻りそうだ。

「次に犯行が起これば、顔の皮を剥ぐ。この脅しじみた行為は、被害者が被害者本人でなければならず、また第三者がそれを認識していなければならないという、おかしな観念を持った犯人に対して、ある種の作用を持ちます。すなわち――」

　シズカさんは、いったん言葉を区切って窓の外を見た。霧が濃く渦巻き、夜を流れていく。静寂に満ちた森。惨事に満ちた館……。

「――加害者が加害者本人であるという証明が不可能となった場合、何が起こるのか？」

　シズカさんの指摘に、わたしは寝台から起き上がった。

　加害者が加害者本人であるという証明？　確かに、残る全員が顔の皮を剥ぐ――無茶苦茶な話だとは思うけれど――とするなら、そこには犯人自身も含まれる。

　でも、首切りをして、顔のない死体をつくり出す犯人の顔の皮を剥ぎ、顔のない犯人をつくり出すということに、いったい何の意味があるのだろう？

「いずれにせよ、確証を得られるまでのわずかな時間を稼げます」

「犯人が、シズカさんの思惑を警戒しているなら、そのとおりね。その間に、わたしたちは犯人が誰かを特定すればいいのね？」

「重要なのは、犯人が誰なのかではなく、犯人がどのような意図であるのか、なのでございます」

「犯人の意図？　それが犯人が誰なのかということより重要なの？」

「なぜ、犯人は、このとき、この場所を選んで犯行を開始したのでございましょうか？」

「それは――犯人には、犯人の都合があるのでしょう」

「その都合が問題なのでございます。間違いなく、犯人はこの閉じられた環《わ》の中にいます。そうであれば、なぜこのとき、この場所なのかという疑問には、必然的な回答があり、そしてそれが犯人の意図するところとして、重要な意味を持つのです」

「犯行の動機、ということ？」

「犯行のきっかけ、とするのがより正確でございましょうか」

シズカさんは、窓の外の霧を注視し、

「――もし、お嬢様がそうなのだとしたら」

そのつぶやきは、いくつもの問いと同じく、やはり謎めいて伏せられた。

「わたし、気になっていることがあるのだけれど」

わたしは寝台に腰かけたまま、扉の前に立っているシズカさんへ話しかけた。

「守原さんの体には牡丹《ぼたん》の刺青《いれずみ》があったわ」

「……何がおっしゃりたいのか、よくわかりましてございます」

こちらの考えを先読みしたのか、シズカさんはそう応じる。

「ええ、そうよ。つまり、これはとても複雑だと思うのだけれど、正面玄関で見つかった守原さんの死体は、実は守原さんとは別人なのではないかしら」

「牡丹の刺青は、主家夫人に刻まれたもの。そうであるならば、あの顔のない死体は、主家夫人かもしれないとお考えなのでございますね」

「そのとおりよ」

わたしは、確信を込めて云った。わからないことはたくさんある。犯人が誰なのかも、シズカさんが重要視する犯人の意図も不明なままだ。

けれど、はっきりしていることもある。それが、あの刺青だ。

「お嬢様、主家夫人の部屋で見つかった顔のない死体には、欠けた爪という本人の確認となる証《あか》しがございます」

「そこが重要なのよ」

わたしは、自分の思いつきに少し興奮しながら話した。

「実は、誰か第三者の身代わりを用意して、それで自分の爪と同じように細工をするのは、本人なら可能じゃないかしら？　つまり――」

「――主家夫人本人ならそれができたと？　自分は死んだことにして、疑いの目から逃れていると、そのように主張されるのですね」

「そうよ、だって、一連の犯行はそう理解するのが妥当じゃない？」

「Неплохо《ニェプローハ》（まあまあです）」

「え？」

「お嬢様の推理は、非常によくできているということでございます。しかし、重要ないくつかが抜けております」

「重要ないくつか？」

「まず、主家夫人の部屋で発見された死体が、主家夫人本人でない。主家夫人が疑いの目をそらす目的である、というところまではよしとしましょう。しかし、第二に発見された死体の胸に刺青があったことを考えると、そのお考えは破綻《はたん》いたします」

「そういわれればそうね、つまり……」

わたしは、自分の考えが奇妙な矛盾に陥っているのに気がついた。

「さようでございます。主家夫人が犯人であるならば、第二の顔のない死体に刺青があったことを説明できなくなります。主家夫人は、第一の死体の段階で、せっかく疑いの目から逃れたにもかかわらず、第二の死体となってしまっている」

「共犯者がいるのよ、それで、利用されたか、仲間割れで始末されたんだわ」

「可能性は否定できませんが、安易であり、矛盾に満ちています。共犯者は、いったいなぜ、主家夫人を第一の死体ではなく、第二の死体にしたかったのでしょうか？　順番をひとつずらし、死体が誰なのか錯覚させることに何の意味があるのでしょうか？」

「誰が誰だかを、錯覚させたい、とか」

「何のための錯覚でございましょうか？　第二の死体に刺青が無ければ、主家夫人が潜伏して犯行を行っているという可能性もあったでしょう。しかし、第二の死体に刺青は刻まれていたのでございます」

「そうね。でも、そうならば第二の死体は、主家夫人だと考えてもいいのじゃない？」

　矛盾が含まれていたとしても、事実は事実として認識しなければならないはずだ。

「第一の死体の胸に、刺青を隠匿《いんとく》するかのような疵《きず》があり、第二の死体に紛《まご》うことなく本人確認となり得る刺青が存在した。これは、たしかに第二の死体が主家夫人であると誤解する材料になり得ましょう」

「きっとそうにちがいないわ」

「いいえ、まちがいでございます」

はっきりと、シズカさんは否定した。「よくお考えになってくださいませ。たとえ、顔のない死体であっても、体型などは誤魔化しようがありません。主家夫人は、女性的で豊かな体の持ち主でした。対して、守原さんは痩せていて、一見すると男性と間違えるような体型です」

このシズカさんのひとことで、わたしの考えはあっけなく破綻《はたん》した。

「そうね……ええ、第二の死体は守原さん以外に該当する人がいないわ」

「それが真実でございます」

「でも、そうなると、刺青の件はどう理解すればいいの？」

「非常に簡単な理屈でございます。つまり、主家夫人と、守原の二人は、同じ位置に同じ刺青を刻んでいたということでございます」

「二人が、同じ刺青を？」

「はい。非常に奇妙な事実でございますが、しかし、こう解釈すれば矛盾は解かれることになるのでございます」

「どうして、二人は同じ刺青を……」

「理由はわかりませんが、推理は可能でございます。もっと多くの情報を集める必要がありますが」

「わたしの思いつきでは、ぜんぜんだめだということね」

わたしは、降参して寝台に倒れ込んだ。

「共犯者の可能性が入り込んだことで、お嬢様の推理は迷走してしまっているのでございます。関係のない第三者などいないと、可能性を排除してかかるべき事件でございます」

「そうね。都合のいい第三者なんて存在を持ち出したら、どんなふうにでもこじつけができるものね」

「さようでございます――」

シズカさんが応じた時だ、扉が叩《たた》かれて、

「大変だ」

という声が聞こえた。

わたしたちは顔を見合わせた。シズカさんが扉を慎重に開けると、狼狽《ろうばい》した様子の五郎が立っていた。

「何事でございましょう」

「二人とも無事なのか？」

五郎は、わたしたちを見て驚愕した。

「無事でございますが、いったい何が？」

「死体が、また死体が見つかったんだ」

五郎の言葉に、わたしは勢いよく立ち上がった。殺害されたのは、この場にいない、九条か、あるいは父……。

「と、とにかくわたしは戻らないと」

「どこで死体は見つかったのでございましょうか」

シズカさんが鋭く訊《たず》ねた。

「き、北棟だ」

五郎の答えを聞くと、シズカさんは急いで回廊へ向かった。わたしと五郎もそれに続く。長い回廊を抜け、北棟へ至ったとき、倉庫の前で立っている九条と、そして父を見つけた。

——どういうこと？

真っ先に浮かんだのは疑問だった。

この場に、家人の全員が姿を見せた。

全員が生きている。

それなのに、死体が発見された？

混乱したまま、わたしは皆の顔を見た。

皆も、わけのわからない、といった顔をしている。

父が、脂汗《あぶらあせ》の浮いた顔で、倉庫の中を覗《のぞ》き込んでいた。

シズカさんが、倉庫の中へと踏み込んでいく。

「――なるほど」

彼女のつぶやきが漏れる。

いったい、どうしてしまったのだろう。わたしたちは、人の世の法則に従って生きていて、それは例外ない事実だと信じていたのに。

まったく異世界の法則が流れ込んできたようだ。

「顔のない生者であれば、顔のない死者になることはない――」

それは宣告であったはずだ。

「顔の皮を剝げば、被害者が被害者本人であるという確認は不可能となる。犯人は、犯行を行うにあたって、必ず首を切らなければならない、という制約。欠くことの出来ない条件であり、そうしなければ殺人を行う意味がない。

それを逆手に取った首切りの対策――」

彼女は歩み進める。

顔がつぶされ、本人確認が不可能となった死体の前へと。

「犯人は破って見せた。自らの制約を」

「これは、これはいったい誰なんだ？」

恐れとともに、吐き出された言葉は誰のものだったろうか。

「わたくしたちの目論《もくろ》見《み》に対抗した、対策破り——」

彼女は嗤《わら》った。

「——首のある、顔のない死体」

其の十二　顔のない幽閉者

第三者の存在は否定されていた。

そうであったはずなのに、いるべきはずでない者があらわれた。

「これはいったい誰なんだ?」

答えのない問いが繰り返された。

倉庫の中央で、死体は仰向けに横たわっている。衣服は身に着けていない。男性で、体中に無数の疵《きず》がついていた。

そして、なにより異様なのが顔がつぶされていることだ。

「おそらくは、鈍器のようなもので、滅多打ちにしたのでございましょう」

シズカさんは、死体に歩み寄ると、そう所見を述べた。「人相を判別できる要素は、用心深く消されています。意図されて行われたのは間違いないでしょう」

「殺されているんだ。それは、そうだろう」

五郎は震えていた。

「そうではございません。殺害によるものではないのです」

「なんだって？」

不理解の表情で、五郎が問い返した。

「顔は死後につぶされていいいます。死因は、この体についた無数の傷のひとつ、胸の刺し傷によるものでございましょう」

「刺されて、顔を——」

五郎はうめいた。

「おかしな傷でございます。この刺し傷は、全身に無数につけられています。これを行ったものは、どうしてここまで執拗《しつよう》に刺したのでございましょうか？」

「残忍なんだ。この行状を見れば、あきらかじゃないか」

「この傷は、かなり大きなものです。つまり、凶器も大型の刃物であったはず。そうであれば、振るう労力も並大抵ではありません。胸への一突きで、命を奪うにはじゅうぶんであったはずなのに——」

シズカさんは、黙考して顔をあげ、「——この死体を最初に発見したのは、どなたでございましょうか？」

「わたしです。北棟の戸締まりが気になったので、念のために見に行って、倉庫の扉が半開きになっているのに気がつきました。それで、中に入って見つけたのです」

「それより重要な問題がある」

父が、九条が話しているところに鋭く割って入った。「ここに、未知の死体が在るという事実だ。家人ではない。ここにいるものと、主家夫人と守原が、家人のすべてなのだから、それはまちがいない。であれば、ここで死体となっているのは、いったい誰だ？」

「犯人の一味か？　仲間割れで……」

五郎がそう云うと、シズカさんが、

「いいえ、その可能性は低いと思われます。この死体は死後数時間が経過しています。おそらくは、主家夫人の殺害と前後して、死亡していると考えられるのです。犯人は、多大な手間をかけて犯行をはじめたばかりで、仲間を始末してしまうのは短絡的すぎるといえるでしょう。もし、仲間割れをしたとしても、犯行後に始末するのが合理的であるからです」

「なら、いったい何者だと云うんだ？」

「それは――」

シズカさんは、父へ視線を向けた。父は、噴き出す汗を拭《ぬぐ》っていた。まるで、信じられないものを見ているといった顔だ。

「……なぜだ？」

つぶやき、死体を凝視する。父は異様な動揺を見せていた。

「お心当たりがあるのでしょうか？」

「知らん」

父は頭を強く振って否定した。「とにかく、ここで考えていても、らちがあかない。死んだのは家人ではないのだ。不幸中の幸いだ」

そう云って、廊下へ出るように強くうながした。全員が従って、倉庫から出た。有無を云わさぬ口調だ。

「各自、自室へ戻るのだ。これ以上、もう厄介ごとが起きぬようにな」

憤然と、踵《きびす》を返した。その背に、シズカさんが、

「旦那様、ひとつお聞きしたいことがございます」

「なんだ？」

不機嫌そうに、父はふり返った。

「犯人は、自らの制約を破って見せました。首切りを行わない死体を見せつけることによって、わたくしたちの対策が無意味であると証明して見せたのでございます」

「それがどうした？」

「であるならば、どうして犯人は顔をつぶしたのでございましょうか？」

「そんなこと、わかるわけがない」

「わたくしはこう考えるのでございます。つぶされた顔は、それを知る者だけに心理的な証拠として提示されるのだと。すなわち――」

彼女の灰青色の瞳《ひとみ》が光る。

「――顔のない死体の素性を知る者が存在する、と」

「顔がないのだから知りようがない」

吐き捨てるように云うと、父は去った。

その後ろ姿を見送ったシズカさんの横顔を見て、わたしは震えた。

死人のように色のない唇は微笑していた。

「対策は、意味のあるものでございました。わたくしは望んでいたものを得られたのです。事件の本質的な手掛かりを――」

自室へ戻ると、わたしは寝台へ腰かけて考え込んだ。一緒に戻ってきたシズカさんも、何事かを思案するように押し黙っている。

――いったい、どうなっているの？

謎が謎を呼び、不可解なことだらけで混乱してしまう。

まず主家夫人が殺害された。顔のない死体となって発見され、シズカさんは入れ替わりの可能性を提示することによって、犯人に首実検を要求した。

そして、第二の被害者として、守原さんが殺害された。彼女は、殺害される直前に、自分がただの雇われの身にすぎないと示唆《しさ》していた。守原さんもまた顔のない死体となっており、しかも、犯人はシズカさんの要求に応《こた》える形で、主家夫人の首を提示した。

わたしは、最初の死体の胸に、主家夫人本人と確認できるはずの刺青《いれずみ》が無く、第二の被害者の胸に刺青が刻まれていたことから、二人の入れ替わりがあったのではないかと考えたけれど、これはシズカさんによって否定された。

共犯者や、都合のいい第三者の介在をも否定された。

そのはずだったのに。

素性が不明の死体が見つかったことで、それらの否定された可能性が、再び頭をもたげてくる。新たに提示された顔のない死体は、男性だ。だから、主家夫人や守原さんとの入れ替わりを示唆するものではない。けれど、第三者や、共犯者が介在する可能性は否定できなくなったのではないだろうか。

そして、それにもましてわからないのは、父の不可解な動揺を見て、シズカさんが何事かをつかんだ様子であることだ。どうして、犯人は顔をつぶしたのか。顔のない死体の素性を知る者が存在する、というほのめかしの意味は？

シズカさんは、いったい何に気がついているのだろうか。

わたしが混乱していると、

「お嬢様は、そのままおやすみくださいませ」

そう云って、彼女は背を向けた。

「どこへ行くの？」

「確かめなければならないことがございます」

「部屋の外へ出るのは危ないわ」

「多少の危険は覚悟しております」

シズカさんは、戸口に行って鍵を外した。

「待って、それならわたしも一緒に行く」

「いけません。これ以上の夜更《よふ》かしは、お体に障《さわ》ります」

「もうすこしだけなら、何ともないわ。それに、一人で居るときに、わたしが犯人に襲われるかもしれないでしょう？」

「お部屋でじっとしているほうが安全でございます」

「絶対だと、そう云いきれる？」

「困った方でございます」

シズカさんは、わたしが頑として譲らないと見ると、衣装箪笥《いしょうだんす》のところへ行って厚手の羽織をとってきた。

「外は冷えますので、これをお使いになって下さいませ」

「外へ出るの？」

羽織を受け取って肩にかけると、わたしはそう質問した。

「はい。外と行っても、館の外部ではありません」

「外部ではないけれど、外へ出る？」

謎かけのような云い方だったけれど、行く先には見当が付いた。

「中庭ね？　確かめたいというのは、幽閉塔なのね」

「さようでございます。旦那様は本心を語られてはいないようですので、この目で見ておきたいのです」

洋燈《ランプ》を片手に、シズカさんは迷うことなく回廊を進む。周囲はしんと静まっていて、物音ひとつ聞こえない。わたしは誰かに監視されているような、妙な気分になっていたせいか、小声で話をつづけた。

「でも、それなら鍵が必要になるわ。北棟の中庭への入り口には、厳重に施錠《せじょう》が行われてるはずよ」

「承知しています。鍵はひとつきりで、旦那様が管理しています。幽閉塔へ食事を運ぶ際だけ、執事の九条さんか守原さんに貸し出されていたようです」

「その口ぶりだと、北棟の入り口は前から怪しんでいたのね」

そうでなければ、鍵の管理について、シズカさんがこれほど詳しく知っているはずが

なかった。彼女はうなずいて認め、

「館のどこからも中庭が覗《のぞ》けない構造になっているため、気になっておりました」

「それで、どうするの？　鍵がなければ、中庭に出られないわ」

「主家夫人の部屋へ行きます」

「なるほど、露台《バルコニー》ね」

　わたしがうなずくと、シズカさんは、

「さようでございます。館内で、ゆいいつ中庭と通じているのが主家夫人の部屋の露台です。そこから、中庭へ下りるのでございます。ただ、二階から一階へ飛び降りるのは、お嬢様には無理でございましょう。露台でお待ちいただくことになるかもしれませんが
……」

「確かにそうだけれど」

　わたしはちょっとあきれた。西洋式の建築であるがゆえに、普通の建物の三階か四階ぶんくらいの高さだ。そんなところから飛び降りたら、足をくじくどころではない。打ち所が悪ければ命にかかわる。

「わたくしひとりであれば、さほど困難ではございません。壁には雨樋《あまどい》から伸びた管がございますので、それを伝って降りることも可能です」

「貴女なら、実行できそうね」

そんな話をするうちに、東棟の主家夫人の部屋の前まで来た。扉は無残に壊されている。部屋を前にして、わたしは立ちすくんだ。

「やはり、お嬢様はお部屋にお戻りになったほうがよろしいのでは？」

「大丈夫よ。毛布がかかっていて、直接見えるわけでもないし」

わたしがそう云うと、シズカさんももう何も云わなかった。壊れた扉の取っ手を握り、それを開いて室内へと踏み込んでいく。

静謐《せいひつ》な死の部屋。

わたしはシズカさんの後に続いて室内を進む。寝台をできるだけ見ないようにした。露台へ出て、シズカさんが足を止める。怜悧《れいり》な視線は何かをとらえていた。

「あれは――」

中庭には、まだ霧がもうもうと立ちこめている。ときおり吹きつける風が、乳白色を裂いて散らす。その合間に、妙なものがゆらゆらと浮かんでいるのが見えた。

守原の首だ。

肌は色を失い、表情は凍り付いている。生前とは、およそ印象がちがっているけれど、確かにそれは守原の顔にちがいなかった。

主家夫人のときと同じく、首はしばらく空中を飛んで、濃霧の中へ消えた。

そして、怖《お》じ気を誘うように、琴線の爪弾《つまび》かれる音が響いた。

わたしは言葉を失い、あえぎながらシズカさんを見た。

今のわたしは、きっと青白く、恐怖に凍りついているだろう。シズカさんは、そんな私を見て、

「お嬢様、落ち着いてくださいませ」

「……だって、あれは」

「目に見える事象には意味があります」

「意味ですって？　ええ、わかっています。あれは、幻覚ではないわ。わたし、この目ではっきりと見たもの」

「わたくしも見ました」

「それなら――」

「確かめに参りましょう」

「え？」

わたしは、シズカさんの云った意味がわからず、呆然《ぼうぜん》と彼女を見やった。

「この目で確かめに行くのでございます」

「だって、わたし、こんなところから降りられないわ」

露台から下を見ると、やはりかなりの高さがある。わたしには降りられそうもない。

「では、北棟へ回り込みましょう」

「北棟の出入り口には鍵がかかっているわ」

　わたしはそう指摘したが、シズカさんはそれには答えずに部屋を出た。そのまま回廊を北棟へ向かって歩く。そうして北棟へ到着した。二階の回廊から一階へと下り、端にある中庭への入り口に向かう。

「旦那様に、鍵をお貸しいただきたいと願っても、きっと無駄でございましょう」

「そうね。幽閉塔のこと、誰にも知られたくないみたいだった」

「ですので、壊します」

　シズカさんは、どこに隠し持っていたのか、大ぶりな金槌《かなづち》を取り出した。

「シズカさん、もっと穏便に――」

　わたしが止める前に、彼女の動きは止まった。その視線は中庭への入り口扉に注がれていた。

「やはり、先客がおられるようでございます」

「先客？」

　わたしも扉を見た。鉄板で補強された扉は、わずかに口を開け、もうもうと外の霧が流れこんでいた。シズカさんは確信していたふうで、

「誰かが、中庭へ出て行ったのでございましょう」

「誰かって――」

扉を少し開けて、彼女は中庭の様子をうかがった。わたしはその背に、

「さっき見た、浮遊する首と、この扉が開いていることに関連はあるの？」

「それを確かめることは必要でしょう」

「そうだけれど……」

「わたくしから、離れませんように」

シズカさんの忠告に従って、彼女の側《そば》に立つ。扉が開け放たれた。もうもうと霧が流れ込んでくる。一歩一歩進んで館から出ると、一面の闇《やみ》と霧とに、すっかり視界を奪われてしまう。

「これでは、いったいどうなっているのかわからないわ」

「小道がございますから、この通りに行ってみましょう。足下にご注意を」

シズカさんが右手に持っている洋燈だけが周囲を照らしている。中庭には、樹木が植えられ、森のような雰囲気だ。霧と闇のせいか、捻《ねじ》れた木の幹や、絡《から》まった蔓草《つるくさ》が、怪物めいて見える。

「お待ち下さいませ」

小道を進んでいたシズカさんが、そうささやいて洋燈に布巾《ふきん》をかけた。光源を失い、周囲が暗闇に呑《の》まれる。わたしは不安になって、シズカさんの服の袖《そで》をつかんだ。

「いったい何？」

「先に誰かいるようです」

　シズカさんはそう云ったけれど、わたしには先に誰かがいるようには見えなかった。きっと、彼女は夜目が利《き》くのだと思う。そうでなければ、洋燈の光が届く範囲より先を見通せるはずがない。

　用心深く、そこから先を見つめる。少し、闇に目が慣れてきた。ぼんやりとだけれど、小道の先に建物が在るのがわかる。

　――あれが、幽閉塔。

　正気ではないという、謎の人物が居るところだ。

　そのとき、幽閉塔の前で、ちらりと光が見えた。

「洋燈を持っているようです。ゆっくりと近づいてみましょう」

「あんなところで、何をしているのかしら？」

　問題の人物は、幽閉塔の前で行ったり来たりをくり返しているように見える。遠目から見ても不可解な動きだ。

　慎重に近づき、もう十歩もないというところまで距離が縮まった。シズカさんが素早く洋燈にかけた布巾を取り払う。周囲が照らされ、幽閉塔の前で、かがみ込んでいた男の姿を浮き上がらせた。

「わ、なんだ？」

驚いて後じさったのは、五郎だった。

「こんばんは」

シズカさんが、洋燈をかざして、五郎の顔を良く照らした。五郎は眩《まぶ》しそうに、ちょっと顔をしかめた。

「お嬢さんと、頭のおかしい使用人か。こんなところで、何を？」

「それはこちらの台詞《せりふ》でございます。このような場所で、いったい何をなさっていたのでしょうか？」

シズカさんは、注意深く相手を見すえて云った。

「何しているかだって？　決まっている、ここにいるという、怪人を見に来たのさ」

「怪人？」

「ああ、見るといい、この幽閉塔の入り口だ」

「これは……」

洋燈に照らされて、幽閉塔の姿が浮かび上がった。角のない円筒形の建物だ。正面入り口は厳重に閉ざされているらしかった。異様なのは、その周囲に深い堀があることだろう。覗き込むと、水面は緑色に濁り、剣山のような鉄串《てつぐし》がいくつも突き出している。侵入者を防ぐためか、あるいは囚《とら》われた者が逃げ出せないようにするためなのか。周到すぎて異様にしか見えなかった。

これでは、どこからも幽閉塔へ入ることはできない。橋でもかかっていれば別だけれど、そうした手段もなかった。

堀の対岸に見える正面入り口には、頑強な鉄格子《てつごうし》がはまっている。牢獄《ろうごく》そのものといった異様な雰囲気があった。鉄格子の奥は、濃密な闇が広がっていて、中の様子はうかがえない。

シズカさんは五郎を一瞥《いちべつ》して、

「……中庭への鍵をどうやって入手されたのですか？」

「こいつかい？」

五郎は、北棟の中庭へ入るための鍵を見せて笑った。「伯父上に直談判《じかだんぱん》したのさ」

「嘘《うそ》でございますね。旦那様は、決して鍵をお渡しにならなかったはずです」

「まあ、そのとおりだ……」

あっさりと認めて、五郎は鍵をしまった。それから、そっぽを向いて、

「伯父さんの部屋に誰もいなかったのでね、ちょっと借りてきたんだよ」

「盗んだのですか？」

シズカさんの辛辣《しんらつ》な指摘に、五郎は顔をしかめた。

「盗んだなどと云われるのは心外だ。後できちんと返すつもりなのだから」

「無断であるのにかわりはないのでは？」

「そちらこそ、何だ。勝手に中庭へ侵入しているのだから、同罪だろう」

「扉が開いていたのでございます」

「扉が閉まっていた場合、どうやって入るつもりだったのか聞きたいところだな」

「お答えいたしかねます」

冷たく拒否して、

「……このお堀を越えるのは無理でございましょう。何人であっても、出入りがあったとは思われません」

「しかし、中には何者かがいるし、食事も届けられていたんだろう？　手段は存在するんだよ」

「そこに長い竿《さお》がございますね。おそらく、食事はお盆ごと風呂敷《ふろしき》に包み、その竿に吊《つる》して向こう側へ渡していたのでしょう」

シズカさんは、近くに落ちていた竿を拾い上げて、そう云った。

「食事の件はそれでいいとして、幽閉されている人物はいったいどうやってあちら側へ行ったんだ？」

「ここに、橋の残骸《ざんがい》のようなものがあります。おそらく、以前は細い橋が在ったのでしょう。それを打ち壊して、行き来ができないようにしているのです」

「完全な幽閉というわけか……」

五郎はうめく。

シズカさんは、血痕《けっこん》を見つめていた。

――本当に？　もしかしたら、何か他に外へ出る方法があって、中の人物が事件にかかわっているとは考えられないだろうか？

「どうにかして外へ出る方法があるのじゃないかしら」

「ないとは云いきれませんが、それが発見されるまでは断定すべきではありません」

シズカさんは慎重に意見した。

そうして、周囲を歩き回って、仔細《しさい》に何かを調べている。ほどなくして、彼女は堀の側に生えている一本の木に注目した。

「非常に興味深く存じますね」

「その木が、どうかしたの？」

わたしが問うと、シズカさんは、

「先ほど目撃した、浮遊する首の意味でございます」

そう云って、木の表皮を撫《な》でた。そこには、表面に獣が搔《か》いたような傷が残っている。

わたしは、何か気味の悪い心地がした。

「ここに、わずかながら血痕が残っています。そして、これは比較的新しい」

「いったいどういうことなの？」

そのとき、幽閉塔の鉄格子の奥から、奇妙な声が響いてきた。獣のうなり声か、女の金切り声のようにも聞こえた。この世のものとは思えない不気味な声は、幽閉塔の壁に反響して、しばらく余韻を残した。

「なんだあの声は……」

五郎の顔は蒼白《そうはく》になっていた。

「戻りましょう」

シズカさんは、そう云って踵を返した。わたしはその側を離れないように後を追った。

「ま、待ってくれ」

よたよたと、五郎が追ってくる。

わたしはふり返らなかった。

今にも、あの鉄格子の向こうに、この世の者とは思えない何かが立って、こちらに手を伸ばしてくるような気がしてならなかったからだ。

わたしたちを脅《おびや》かすように、もう一度不気味な声が響いた。

其の十三　首実検の反証

北棟へ戻ると、そのまま西棟へ向かう。シズカさんは、父に確認しておきたいことがあると云《い》って、西棟の二階、父の自室へと向かう。わたしも同行し、鍵の件を内密にしておきたい五郎も不承不承ついてきた。

西棟の階段を上がると、廊下で父と九条が話し合っている場面に出くわした。二人は、わたしたちがやってくるのを見て、暗い顔で沈黙する。

——何かあった。

わたしは父たちの表情から察した。

「自室から出ないようにと云っておいたはずだが」

父は、沈黙を破ってわたしたちを咎《とが》めた。

「申し訳ございません。緊急に確かめなければならないことがあるのです」

シズカさんが、わたしを庇《かば》うように一歩進み出た。父は不満そうに、

「娘の身を案じていたのではなかったか？」

「さようでございます。ですので、お一人にするわけにもいかず、こうしてご同行をお願いしたのです」

「……わかった、もういい」

父は、それ以上の問答は不毛だと判断した様子だ。シズカさんはそれを見て、

「何かございましたか？」

と、尋ねた。

「東棟の廊下だ」

「そこに何か不審が？」

「廊下に血痕《けっこん》があるらしい」

父の口調は苦々しい。

「具体的に、東棟廊下のどこでございましょうか？」

「東棟の、使用人たちが主に使用する区画。……守原の自室の前あたりだ」

「どなたが見つけられたのでしょうか。経緯をお聞きしたいと存じます」

「見つけたのはわたしだ」

九条が説明する。「応接室での話し合いの後、わたしは東棟の自室へ帰ろうとしていた。その途中で、廊下に血痕のようなものを見つけた。それは点々と、守原が使っていた部屋へとつづいている。それで、旦那様へ報告に戻った……」

「旦那様は確認されたのですか?」

シズカさんが確認すると、父は小さく頭を振った。

「いいや、今、報告を受けたばかりだ」

「では、これから確認へ向かうのでございますね。ご一緒いたします」

「……実は、まだ問題がある」

父はちらりと自室を一瞥《いちべつ》して、「何者かが、わしの部屋へ無断で入り込んだようだ」

「どういうことでございましょうか?」

「わしは応接室での話し合いの後、書斎へ行った。あそこに煙草《タバコ》を置いてあってな、精神を鎮《しず》めるため、一服欲しくなったのだ。煙草を吸ってから、自室へ戻った。すると、どうも部屋の様子がおかしい。普段と変わらないようでいて、違和感がある。用心して、貴重品をしまってあった戸棚を確認すると、館の某所に使用できる鍵のひとつが無くなっていたのだ」

その話を聞いて、思わず五郎を見てしまった。五郎はうつむき加減になって、迷いを見せていた。白状しようか、隠し通そうか。

「お部屋に鍵をかけていらっしゃらなかったのでございますか?　鍵をしまってあった戸棚の方には?」

「部屋には普段から鍵をかけない。とりたてて貴重な品は、書斎の金庫に入れてあるからな。戸棚のほうには、簡易的な鍵がかかるようになっている。今夜もかけてあったが、外されていた」

「確認させていただいてもよろしいでしょうか？」

シズカさんがそう申し出ると、父はうなずいて許可した。部屋へ入り、問題の戸棚を調べると、

「なるほど。確かに、この鍵は簡易的でございます。器用な者なら、針の一本でもあれば、苦もなく外せる類《たぐい》のものです」

「普段なら、この程度の用心でじゅうぶんなのだが」

父は嘆息した。シズカさんはそれを横目に、

「旦那様、無くなった鍵は、どこに使うものでございましょうか？」

「そう、北棟だ」

父は言葉を濁した。

「重要なことかもしれません。はっきりとお答えいただけないでしょうか？」

「……北棟の中庭への入り口を開けるための鍵だ」

「無くなったのは、本当にそれひとつだけなのでございますか？　すべての鍵が、この戸棚にしまわれているのでしょうか？」

「無くなったのはひとつだ――」

父は、もう一度戸棚の中を確認した。

――シズカさんは、鍵の管理を確かめようとしている。

五郎が鍵を盗《と》った事実を知りながら、それを伏せて情報を引き出そうという心づもりなのだ。

父が認めると、シズカさんは続けて、

「普段、その鍵は旦那様が許可したものだけが使われるのですね？」

「そうだが――」

父は、さらに怪訝《けげん》そうに「なぜ、そんなことを気にする？」

「浮遊する首の謎は、北棟の施錠《せじょう》と密接にかかわっています。これは重要な点で、検討すべき部分なのでございます」

「お前はいったい何を――」

父がそう口にしたとき、五郎がばつの悪そうな顔で進み出た。

「伯父さん」

「なんだ？」

父は、甥《おい》の態度を不審そうに見た。

「……実は、中庭への鍵を持ち出したのはわたしなんです」

「なんだと！」

みるみるうちに、父の顔は紅潮した。拳《こぶし》を握りしめ、怒りに震える。

「すみません、ちょっとした好奇心で――」

五郎は、隠し通すよりも白状してしまったほうがいいと判断したらしい。しかし、父の怒りは予想以上だった。

弁解の機会さえ与えられず、彼は殴られて床に転がった。

皆が驚いた。父は実直だけれど温和で、いくら激昂《げきこう》しても暴力を振るうとは信じられなかった。

――いったいどうしてしまったの？

惨劇が父の精神を侵しているのだろうか。殺人の連続が何かを狂わせはじめているのだとしたら、それはとても恐ろしいことだ。

家人でもめている場合ではないのに――

「愚かな真似を！」

「す、すみません」

五郎は平伏して謝ったが、父の怒りはそれでも収まらない。もう一度殴ろうとしたところへ、シズカさんが割って入った。

「旦那様、今はそれどころではございません。鍵の盗難については、五郎様の仕業ということがわかったのですから、血痕の方を優先すべきかと存じます」

「……いいだろう。五郎、この話はまた後だ」

父は、鍵を返すように命じた。五郎は唇から滲《にじ》む血を拭い、鍵を返す。

「よし、状況を確認しに行く」

鍵を確認してから、父は東棟へ歩き出した。九条がそれに続く。

わたしは手巾《ハンカチ》を取り出して、五郎の血の滲む口元にそっとあてがった。彼はわたしの手を振り払い、何ごとかぶつぶつとつぶやいている。目が異様な光を帯びていて、顔つきが歪んでいる。

「お嬢様、参りましょう」

シズカさんにうながされて、わたしは立ち上がって父たちを追って歩き出す。

背後から、五郎のつぶやきが聞き取れた。

「ちくしょう、主人ぶりやがって。何様のつもりなんだ——」

憎しみを吐き出す。

狂気が伝播《でんぱ》していくようだ。

東棟の一階には、通路にそって小部屋が並んでいる。主に使用人に割り当てられている区画だ。廊下には、点々と血痕があり、それは守原の部屋の前まで続いていた。

「それほど時間が経《た》っていません」

シズカさんは、廊下の床を調べてそう云った。わたしは少し考えて、

「いったい誰の血？」

「状況からして、これは守原さんのものだと考えるべきでしょう」

「でも、彼女が殺害されたのは小広間で、ここではないわ」

「移動させたのでございましょうね」

「――開けるぞ」

父は、扉の取っ手を握った。

「お待ち下さいませ。ひとつ確認しておくことがございます。血痕を発見して、この部屋にたどり着いたとき、部屋の扉に鍵はかかっていましたか？」

シズカさんは父を制止して、九条に質問した。

「かかっていなかった。しかし、部屋の中は見ていない。旦那様への報告を優先した」

「旦那様、各部屋の鍵は、戸棚にしまわれていて、紛失はしていなかったのでございますね？」

シズカさんは、今度は父に確認した。

「もちろんだ。守原の部屋の鍵もあった」

「守原さんは、女性ですから、自室に鍵をかけていなかったとは考えられません。扉に鍵がかかっていなかったのだとすると、誰かが鍵を外したのだということになります。

鍵の入手経路は、おそらく守原さん自身からでしょう」

「守原が、鍵を渡したというのかね？」

父は、不可解な面もちで首をひねった。

「そうであるとも考えられますが、より単純に、犯人が殺害後に守原さんの着衣を探って、鍵を奪ったと考えるべきでしょう」

「道理だな。しかし、その考察に何の意味があるのか」

「犯人が、この事態を想定していたであろうということでございます。鍵を奪ったのは、この場所へわたくしたちを誘導し、室内を確認させるためであると考えられます」

「いったいどうしてそんな真似を？」

「室内を確認すればわかるでしょう」

シズカさんは、すでに何事かを確信している様子だ。犯人が、わたしたちを血痕によって導き、守原の部屋の中を確認させたがっている理由。うすら寒いものが背筋を撫《な》でて、思わず身震いする。

「……では、部屋の中を確認する」

父は、あらためて扉の取っ手を握った。

扉が開かれた。

先に、父とシズカさんが室内へ入った。九条は、戸口のところにある、備えつけの洋燈《ランプ》に、燐寸《マッチ》を擦って灯りを点《とも》した。室内を覗《のぞ》き込むと、あの臭気を感じた。ねっとりと、澱《よど》んだ空気が不快だ。ぼんやり照らされた室内は、八畳ほどの空間。使用人に割り当てられた部屋は質素そのもので、家具は簞笥《たんす》と机がある程度。窓には遮光布がかかっていて、外の様子はうかがえない。

そろりと室内を見回して、ある一点で視線が釘付《くぎづ》けになる。

わたしは最初、寝台に載せられたそれを人形かと思った。

しかし、そうではなかった。

寝台の上には、首が載っていた。

「……守原さんの？」

主家夫人の部屋の露台《バルコニー》から目撃した首にちがいなかった。それは、小広間で切断された後、持ち去られた。死者の無念は分かたれた自らの体を欲して、中空をさまよい、自室へと戻ってきた。そんな場面が脳裏をよぎる。もちろん、そんなはずはない。首は犯人が持ち去り、ここへ持ってきた。そうであっても、わたしの脳裏から異様な想像が消えることはなかった。

「間違いございません。小広間で守原さんを殺害した犯人は、この部屋にそれを運び、わたくしたちに首実検をさせたかったのでしょう」

「わざわざ、そんな……」

常軌を逸しているとしか思えなかった。ただ殺すだけではなく、首を切り、そして首をさらすことに意義を見出している。

「こうまでする必要があるのか？」

父が、誰にともなくつぶやいた。

シズカさんは室内を忙《せわ》しなく歩き回って、あれこれと観察をはじめた。

「血痕は入り口から入って、まっすぐに寝台へ向かっています」

床を調べて、「床に落ちた飛沫《ひまつ》は、形を崩していません。犯人は、血痕を踏まないように、慎重に歩いたようでございます」

次に、寝台へ歩み寄った。

「これは、この部屋の鍵でございましょうか」

シズカさんは、側に放り出されていた鍵を拾い上げる。それから戸口へ戻って、扉の鍵穴へ鍵をあてがった。

「間違いございません。この部屋の鍵です。犯人は、施錠された部屋の扉を開け、寝台へ真っ直《す》ぐに行き、首をそこへ置いた。それから、もう不要になったこの部屋の鍵もそこへ放り捨てた」

「もういい。そんな考察をしたところで――」

父が口を挟んだが、

「無意味ではございません。犯人の行動から、いくつかあきらかになったことがあります」

「ほう、それはなんだ？　わしには、さっぱりだが」

父は、そう云って嘆息した。シズカさんは、床を指して、

「では、床にご注目下さいませ」

「これが何だというのかね？」

「注目すべきは血痕の間隔にあるのです。滴《したた》り落ちた血は、一定の間隔で床に付着しています。これは、首を持った人物が、一定の間隔で歩いたことをあらわしているのでございます」

「なるほど、確かに一定間隔だが――」

父は床を確認してうなずく。「だからどうだというのだ」

「犯人の犯行後の行動を再考してみましょう。犯人は首を持ち、守原さんの死体を探って鍵を入手する。それから、隠し場所にそれらを運ぶ。そうして、他の人間と合流して、自分も死体発見に立ち会った。それから、個人行動が可能な時間に、首と鍵を持ち出して、この部屋へとやってきた。鍵を開け、寝台へ置いて立ち去った」

「わからん。それが何を意味する？」

「ふたつございます。まず、犯人がそれを他の場所へ運んだとするなら、血痕が残って

いるだろうということ。もうひとつは、犯人の心理です」

「犯人の心理とは？」

「迷いがないのでございます」

シズカさんは、今度は寝台を指し示した。

「少しの迷いもなく、首を寝台へ持っていっています。これをどこへ置こうかと、そんなふうに躊躇《ちゅうちょ》しなかった。つまりは、そうすると決めて行動したというのがわかるのです。冷徹に、犯罪を遂行しているのでございましょう」

「はじめからあきらかな事実ではないかね？　犯人は、計画をもって、ことにあたっている。場当たり的な犯罪ではあり得ない」

「そのとおりでございます。しかし、首実検に関しては、計画通りとは思われません。被害者が被害者本人ではないかもしれない、というわたくしたちの疑念を、犯人は打ち消す必要に迫られた。それで、首は返されたのです。計画にあったはずはなく、予期せぬ行動を強いられたのです。そうであるならば、少しの動揺も無かったというのは、人間心理からして納得しかねるのです」

「ひどく冷静な気性なんだろう。いや、正気ではないからかもしれん」

「冷静すぎるのでございます。いったいなぜ――」

そこでシズカさんは、寝台へ視線を向けた。

「——なぜ、犯人は殺人を行ったのでしょうか？」

その問いは、波紋のようにその場の全員に広がった。

「恨みだろう」

部屋に入らず、廊下に立ちつくしていた五郎が投げやりな口調で云った。

「恨みでございますか？」

「そうに決まっている。どんなものかはわからないが、ここにいる全員に恨みがあるんだろう。そうでなければ、人殺しなんてするはずがない」

「さようでございましょうか？」

「恨みもなくて、こんな真似ができるか」

「恨みがないからこそ、とは考えられませんでしょうか？」

「なんだって？」

五郎は、嚙《か》みつくようにシズカさんを見た。

「犯人は、計画外の予期せぬ行動を強いられても、なお冷静に決断して行動した。恨みや憎しみといった、感情的な動機が行動規範となっているならば、その感情的な痕跡が犯行に滲み出るのではないでしょうか？　この首には、大きな疵《きず》などがございません。丁寧に扱われています。殺害し、切り、鍵を奪い、この部屋へ運ぶと決めた。そのように実行して、少しの動揺もしなかった。この行動には、まったく感情が滲み出てはいないのでございます。恨みなどなく、感情的な動機がないと考えたほうが、よほど納得ができるのではないでしょうか」

「では、いったいなんだって云うんだ。お前の話しぶりはひどくまどろこしい」

癇癪《かんしゃく》を起こす五郎に、シズカさんは静かな口調で、

「犯人の動機は、もっと即物的であるだろうということです」

「わたしには信じられないがね」

五郎は、ふんと鼻を鳴らした。

「犯人は迷いなく冷徹に行動した。そうであれば、余計な真似はしなかったはずです。寄り道などしていないと考えた場合、この血痕は、犯人につながる目印となるのではありませんか？」

シズカさんは、そう云うと廊下に出た。血痕は、点々と廊下の先の闇《やみ》へと消えている。

「追ってみましょう」

「これは、南棟へ向かっているのか？」

五郎は、点々と続く血痕の先を見て云った。確かに、東棟から南棟へ繋《つな》がる回廊から来ているようだ。

全員で、床を確認しながら進むと、南棟の小部屋の前で痕跡は消えていた。そこは、物置として使用されている。

「鍵はかかっていません。中は……」

　シズカさんは室内を覗き込んだ。「床に、血溜《ちだ》まりがありますね。ここに、一時的に置いていたにちがいありません」

「ここまで持ってきて隠してから、わざわざ守原の部屋へ運んだのか？」

「直接、守原さんの部屋へ持って行くには時間が足りなかったのでございましょう」

「そうか。殺害現場の小広間は、西棟と南棟の中間だ。一番手近な場所に、とりあえず首を隠して、犯人は小広間に戻ったのだな」

「さようでございます。死体発見者の群に加わる必要があったため、時間を惜しまなければならなかった。さらに、凶器や、返り血を浴びた衣服も、一時的にここへ保管したにちがいありません」

「だが、犯人はそうしたものは始末してしまっただろう」

「血痕が見つかるのは、犯人にとって想定されたことですから、当然そうしたでしょう。ただ――」

　かがみこんでいたシズカさんは、埃《ほこり》っぽい床から何かをつまみあげた。それは一枚の木の葉のようだ。

「犯人は、用心深く自分の手荷物は始末しても、こうしたものまでは気が回らなかったようでございます」

「そんな葉っぱがいったい何の手がかりになると云うんだ」

五郎は、不可解そうな口ぶりだ。

「重要な手がかりでございます。この葉は新しく、落ちてからほとんど時間が経《た》っていません。その証拠に露が付着しています。偶然犯人の着衣についてしまって、この場所へ運ばれてきたのでしょう」

「なぜ、犯人の遺留品だと断言できる？　他の誰かの着衣についた葉っぱかもしれないだろう」

「木の葉に付着した露でございます。守原さんの殺害前に葉が持ち込まれたのならば、時間的に考えて、露は蒸発してしまっているでしょう。このことから、葉は守原さんの殺害後、持ち込まれたのだとわかるのです。守原さんの殺害後に、この物置へ入り込んだ人物は、犯人以外にあり得ません」

「犯人が外へ出たんだな」

「そうではございません」

シズカさんは首をふって否定する。五郎は焦《じ》れたように、

「葉は外から持ち込まれたのだろう」

「ちがいます。この館の裏口は、錠前が壊れて出入りが出来ません。そして、正面玄関も、現在は出入りができません。内部のかんぬきに、守原さんの血がかかっているから

です。もし、出入りが行われれば、血痕が擦《こす》れてすぐにわかってしまうでしょう。守原さんの殺害後に、誰も外へ出ていないのです」

「また矛盾した話をしているぞ。葉が持ち込まれたと云いながら、誰も外へは出ていないという。それでは、葉が持ち込まれることはないぞ」

「矛盾しません。外部からではなく、葉が持ち込まれる可能性のある場所が存在するではありませんか」

「まさか――」

「幽閉塔でございます」

其の十四　幽閉塔への供物《くもつ》

わたしたちは再び北棟へやってきた。

シズカさんが、幽閉塔を確認すべきだと主張したからだ。父は反対したが、シズカさんが譲らず、激しいやり取りの末、ついに父は折れて幽閉塔の確認を許可した。それでも、幽閉塔の前までだと条件がついた。

「十分でございます」

シズカさんが条件を了承して、幽閉塔を調べることになった。

北棟の中庭への入り口扉の前に、わたしたちは集まっていた。シズカさんに、父と九条、それから五郎もいる。父が一歩前に出て、入り口扉の鍵を開けた。

「お嬢様、お体は大丈夫でございましょうか？」

シズカさんが気遣ってくれる。

「大丈夫。最近は、寝付けない夜が多かったもの。夜更《よふ》かしは、なんでもないわ」

疲労は感じていたけれど、強がってそう答えた。本心を云《い》えば休みたいけれど、誰も居ない部屋へ帰って、ひとりで寝台に横たわる気にもなれない。なにより、怖かった。

「ご無理はなさいませんように」

そう云って、シズカさんは視線を入り口扉に戻した。

「開いたぞ」

父が、扉を開けて中庭の様子をうかがった。

「ひどい霧だ。視界がきかん」

「では、参りましょう」

シズカさんがうながし、父を先頭にして一同は中庭を進んだ。

「ねえ、シズカさん。さっきも調べたのに、もう一度来る必要があったのかしら？」

先頭を行く父たちに聞こえないよう、小声でそう聞いてみた。

「わたくしの考えが正しければ、再調査を行う必要がございます」

「でも、幽閉塔の中へ入れるわけじゃないし、手前までで新しい収穫があるものかしら」

「ございます」

確信に満ちた答えだ。シズカさんは、何かを求め、それが幽閉塔にあると信じている様子だ。それはいったい何なのだろうか？

霧の中を進み、ぼんやりと幽閉塔の輪郭が浮かび上がる。父は足を止めてふり返った。

「このぐらいでいいだろう」

「もうすこし先でございます」

シズカさんは、幽閉塔の手前までは確認すべきだと主張した。少なくとも、犯人が中庭へ入り込んだのは間違いないのだから、手がかりが残されているかもしれないと。

「まったく――」

父は、手に持った洋燈《ランプ》で先を照らした。注意深く闇《やみ》の向こうを見すえ、また歩き出す。そうして、ようやく幽閉塔の前に到着した。

「これで満足だろう」

父は、幽閉塔と堀の周囲を照らし、「何もありはしない。お前が求めるようなものはな。たとえ犯人が中庭へ入り込んだのだとしても、それとわかるような証拠が残っているとは限らんのだよ」

「いいえ、収穫はありました」

シズカさんは、そう云って前に来た時に発見した、堀の側に立つ傷のある木に注目した。その根元に、赤黒い染《し》みがある。

「血痕か？」

「はい。少し前の時間のものと、比較的新しいものがございます」

シズカさんのひとことで、全員が息を呑《の》んだ。

――新しい？

わたしは血痕を注目した。乱れた赤黒い染みは、前回確認したときと形が違っているように見えたが、はっきりと確信は抱けなかった。

「わしには、同じ血痕にしか見えないが」

「いいえ、二種類ございます。こちらをご覧下さい。この重なりを見ていただければ、おわかりになると思います。乾きかけた血の上に、生乾きの血が重なっています」

シズカさんは、染みの一点を指して云った。確かに、その部分は他と違って見えた。黒々とした染みと、まだ乾ききらない赤みがかった染みが重なっている。

「……うむ」

「これは重要な手がかりでございます」

表情こそ変えなかったが、シズカさんの瞳《ひとみ》に暗い光が宿っていた。求めるものを得たのだろうか。

「たとえそうだとして、これにいったい何の意味がある？」

「状況を整理すれば、この血痕の重要性が理解できるものと思われます」

「わかるように説明してくれ」

父にそう求められ、シズカさんは顔を上げて立ち上がった。ちょうど東棟の方角を指し示した。

「奥様の寝室はあちらでございます。第一の被害者は、そこで殺害され、首を切られた。これは現場の状況から疑いはありません。そして——」

今度は、西棟と南棟の中間あたりを指し、

「——第二の被害者である守原さんは、正面玄関の小広間で殺害された。二つの殺人事件には不可解な点がいくつもございますが、現場状況でこれだけははっきりと云えるのです」

彼女はわたしたちへ向き直って、

「すなわち、殺害現場から被害者の体は移動が行われていない。ならば、もう意味は歴然としているではありませんか。この血痕は、被害者の体から流れ出たものではないのです」

そう云って、もう一度血痕を指し示す。

「犯人は、わざわざ首を切りとり、中庭へ移した。そうでなければ、この場所に血痕が残る必然性はありません」

シズカさんはそう断言した。

「待て。こうも考えられないか？　移動したのは首じゃないんだ」

五郎が皮肉っぽく、「お前の好きな逆説というやつだ。殺害現場はこの場所で、実は体のほうが移動させられた。首が移動したというのは、事実から目をそらすための煙幕というわけだ」

「面白い考えでございますが、殺害現場の死体状況は、その場での切断をあらわしています。大量の出血を偽装するのは難しいですし、たとえ可能であったとしても、あの短時間では現実的ではないと考えるべきでしょう」

「では、お前はどう考える？　首の移動には何の意味がある？」

五郎が憮然《ぶぜん》としてそう聞くと、

「首は移動していない。しかし、首は移動しているのだとすれば？」

密《ひそ》やかに彼女は微笑した。

「支離滅裂なことを云うな！」

感情をあらわに五郎が詰め寄る。「移動してないのに、移動しているとはどういう了見だ」

「わたくしの考えを申し上げています」

「その考えが、支離滅裂だというのだ。お前は、意味不明なことをほのめかしたり、事実をわけのわからん方向に持っていくばかりだ。実際、何の考えもありはしないのではないか」

「これはそういう問題なのでございます」

シズカさんは、霧の流れる宙を見上げ、

「事実、浮遊する首をご覧になったはず」

「あれが何だ」

五郎は汗をかいていた。

「首は、空中を浮遊し、そしてまた戻ってきた。驚愕《きょうがく》すべき出来事で、およそこの世のものとは思われないでしょう。ただ、それだけに真実性が含まれているように思われるのでございます」

「幻覚だ、あれは」

「幻覚ではございません。浮遊する首を幻覚だと断ずるなら、いったい首はどうやって移動したと云うのでしょうか？　血痕はこの場所に突然現れています。運んでくるまでに血が滴《したた》らなかった理由は？　堀の周囲を浮遊したと考えれば、滴った微量の血液は、堀に落ちたのだと解釈可能ではありませんか」

「それは……」

五郎は言葉に詰まる。首の移動を認めれば、現実にはあり得ない怪異を認めることになり、首の移動を否定すれば、事実を否定することになってしまう。シズカさんは、

「先ほど申し上げましたように、これはそういう問題なのでございます。結果として、わたくしたちは主家夫人の首と、守原の首が戻されたという事実を確認しています。首実検は、怪異を肯定するための根拠も提供したのです」

「首が浮遊したなどというのが事実だったと？」

「さようでございます。どんな欺瞞《ぎまん》もありはしなかった。あれは事実そのままであり、ゆえに、首は移動していないにもかかわらず、首は移動しているのだという、相矛盾した答えとなり得るのです。すなわち――」

シズカさんは中空を指さし、

「――犯人は首を移動させるため、首を浮遊させなければならなかった」

喘《あえ》ぐ吐息は誰のものだろう。

「首を移動させる行く先は、浮遊でもしなければたどり着けない場所である必要がございます。それは、この館の中でゆいいつ、あそこだけでしょう」

指先は、目前の建物を指し示した。

「堀によって隔絶され、外界から断たれた塔」

彼女は微笑する。

「被害者の首は幽閉塔にあたかも供物のごとく捧げられた」

其の十五　顔のある死体の逆説

皆で応接室へ戻った。

首の謎は、それぞれの胸中に、何か寒々しいものをもたらしたようだ。特に、父は荒れた様子を見せた。酒瓶をもってくると、それを杯に注いで一気に飲み干した。今夜はかなりの量を呑《の》んでいるはずだ。

「旦那様、ほどほどにされたほうがよろしいかと存じます」

シズカさんがそう諭したが、父は聞く耳を持たなかった。杯を干すと、煙管《キセル》を取り出して、燐寸《マッチ》を擦る。

「旦那様、それはお控えになった方が――」

「煙草《タバコ》でもやらんと、気が静まらん」

「お嬢様がいらっしゃいます」

「……そうか」

父は、ちらりとこちらを見て燐寸をもみ消した。

「まったく不愉快なことばかりだ」

父は、酒を呷《あお》ってから、周囲を睨《ね》めつけた。

――何かが違う。何かが変わってしまった。

温和だと信じていた父が荒れる様を見て、わたしは動揺していた。漠然と抱いていた印象、これまで生きてきた時間に培《つちか》われた自分の根幹が揺れている。ひどく薄気味悪い感覚がして、頭が痛い――

「お嬢様？」

シズカさんが、わたしの異変を察して歩み寄ってくる。そうして、自分の手をわたしの手に重ねた。なんて冷たい手だろう。まるで冬の日に凍えた手。なのに火照《ほて》った体で冷たい敷布に横になった時のように心地いい。

混乱の熱はすぐにひいた。

「大丈夫よ、ありがとう」

わたしはうなずいて、シズカさんを安心させようと笑みを浮かべる。彼女は少しの間、わたしの様子を注視していたが、大事ないと判断して手を引っ込めた。

父はそんなわたしたちに無関心で、五郎に目を留めると、

「まさか、お前がやったのではないだろうな？」

「え？　なんのことです」

　五郎は、いきなりで驚いたようだ。

「鍵だ。幽閉塔に立ち入ったりはしていないだろうな？」

「わたしがそんなことをするわけがないでしょう。急にどうしたというんですか」

「中庭への入り口の鍵を勝手に使ったのはお前だ。疑うのは当然だ」

「知りませんよ。中庭の入り口の鍵を、勝手に持ち出したのは謝ります。ちょっとした興味で、悪かったと思っていますよ。しかし、幽閉塔に立ち入ったりはしてません。堀があって、あれは越えられないんだ。無理だってわかるでしょう」

「小細工を弄《ろう》したのかもしれない」

「それなら、わたしだけを疑うのはおかしいですよ。機会のあるものは他にいるでしょう」

「中庭の入り口の鍵を持ち出したことで、お前が一番疑わしい者になったのだ。人という者は、過《あやま》ちを犯す。そして、過ちは何度もくり返される」

「とんでもない暴論だ。一度やったから、次もお前だろうというのは、証拠も何もない、ただのいいがかりにすぎませんよ」

　五郎は強く反駁《はんばく》する。いらいらした様子で、もう我慢できないというふうに煙管を取り出した。それを唇の端に咥《くわ》え、燐寸を擦る。

「五郎様、お煙草は――」

シズカさんが咎《とが》めようとしたが、五郎は耳をかさず、

「煙草でも呑まなけりゃ、やってられるか」

盛大に煙を吐き出す。

妙に刺激のある煙が鼻先に匂った。そのうちじんと痺《しび》れるような感覚がした。視界に霞《かすみ》がかかる。煙草の煙を吸って、気分がおかしい。なんだか自分が自分でないような気がしてくる。

「お嬢様がいらっしゃるのです」

「だから、どうした。たかが煙草だろう」

「阿片《アヘン》煙草は、体に障《さわ》ります」

シズカさんの放ったひとことで、わたしは背筋に薄ら寒いものを感じた。

――阿片？　あのご禁制の品？

「ふん、やはり知っていたか。それとも、灰でも拾って調べたのか？　まあ、気にする必要もない。この家の連中はみんなやってるんだ。お前だって知っているだろう。伯父上殿や、主家夫人、守原だって例外じゃなかった。ご禁制と云っても、居留地では密《ひそ》かに出回る品だ。上流階級の、ちょっとした嗜《たしな》みってやつだよ」

「おやめくださいませ」

「黙れ。お前の指図は受けない。いいや、誰の指図だって受けるものではないんだ」

五郎は、何かに憑《つ》かれた顔で、椅子に座って足を組んだ。

その不遜《ふそん》な態度は、父の怒りをさらに煽《あお》ったようだ。卓に杯が叩《たた》きつけられた。

「わしは、前々から不満だった。どうして、お前のような穀潰《ごくつぶ》しをこの家で養わねばならんのか」

「今、そんな関係のない話はやめていただきたいですね」

「関係はあるぞ。お前の素行の話だ」

「素行がどうしたと云《い》うんですか。普段の行いで、嫌疑を向けられるのはたまったものじゃない。わたしが怪しいというなら、他の者だって等しく怪しいはずだ」

「その、わしに平気で逆らおうとする態度が問題だ」

「主《あるじ》ぶるのはやめていただきたいな。あなただって、他人に自慢できるほどの聖人君子じゃあるまい。酒を呑んでは、好き放題の毎日じゃありませんか」

「それの何が悪い」

「節操がないのですよ。酒に女、博打《ばくち》に興じて家を細らせる。わたしの素行を問題視するなら、よほどあなたの方が問題でしょう。今回の件だって、それが問題じゃないかと、わたしは疑っていたんですがね」

「どういう意味だ」

「被害者は二人とも女だということですよ。あなたと主家夫人が密通していたのは公然の秘密だ」

　五郎はやけになっているふうで暴露した。「しかも、他の女にも手を出していた。守原とも、なかなかよろしくやっていたようじゃありませんか」

「知らん！」

「しらばっくれても通用しませんよ。ひとつの家に、主の寵愛《ちょうあい》を受ける女が二人。これはどう考えても、うまい話ではない。そのうちに、女同士の諍《いさか》いがあったって不思議じゃないでしょう。そうした場合、困るのは男の方だ。諍いに疲れて、いっそ二人とも始末してしまったほうが、などと考えたのじゃありませんか」

　五郎は、一気にまくし立てた。

「黙れ」

　父は、ぎやまんの杯を五郎へ投げつけた。それは五郎の額に命中して砕けた。

「何を――」

　五郎は、額を抑えてうずくまった。誰も言葉がなかった。

「――何をしやがる」

　立ち上がった五郎の額は真っ赤に染まっていた。憤激で形相が変わっている。

　誰も止めることはできなかった。

　五郎は獣のように、一足飛びに父へ襲いかかった。

二人はもつれるように倒れ込む。

転がり、互いを圧して優位をとろうともがく。

シズカさんと九条が二人を引き離そうとしたが、激しく暴れて手に負えない。

争ううち、二人は壁に突進して激突した。壁の棚から、果物の皮を剝《む》くための、小ぶりな包丁が落ちた。五郎がそれをつかみ、振り上げた。

恐ろしい悲鳴が上がった。

わたしは、その悲鳴を上げたのが自分自身だと気がつくまで時間がかかった。

倒れた父の胸に、包丁が突き立っていた。

五郎は、血に染まった自分の手を見つめて、呆然《ぼうぜん》としている。

父は、驚きに顔を凍り付かせたまま、何度か苦しそうに身もだえした。わたしは駆け寄って父の手をとった。

「そんな――」

血にまみれ、喘《あえ》ぎながら何度ももがく。

やがて、父は動かなくなった。

返り血を浴びた五郎が、ふり返る。その顔は呆然としていた。

「わたしのせいじゃない」

五郎は云った。

「あなたが犯人だったの？」

わたしは、目の前で父を殺した男が、主家夫人と守原を殺害した犯人。もはや犯行を隠すような真似をせず、強硬手段に出たのだろうかと、そんな考えが脳裏をよぎった。

「違う、わたしではないんだ」

「何も違わないわ。あなたがやったじゃない」

「殺すつもりはなかった。なかったんだ！」

「云い訳よ――」

わたしは父の手を握った。急速に体温は失われていく。

「お嬢様、離れてくださいませ」

シズカさんが割って入ってきた。わたしは視界が涙でにじんでよくわからない。彼女は色々と処置を施して、救命に努めていた。

それでも、結果は変わりようがなかった。

「申し訳ございません」

ついに、シズカさんは手を止めた。

其の十六　顔のない死体の罠《わな》

父が死んだ。

失ってしまった。家族を、愛する親を。

すぐには実感がわかない。意識に霞《かすみ》がかかり、感情は麻痺《まひ》してしまっている。号泣したり、憤激したり、そうしたものはあらわれない。

ただ、頭が痛かった。

幼いころの記憶が、炙《あぶ》られた写真のように歪んで立ち消える。

少女を抱いて笑う父の面影は曖昧《あいまい》で——

「お嬢様」

シズカさんの声で、はっと我に返った。

わたしは父の遺骸《いがい》を前にして、茫然自失《ぼうぜんじしつ》の状態だったらしい。

周囲を見回す。九条は壁際《かべぎわ》に立って表情を消している。五郎は血をぬぐい、荒い呼吸を繰り返しながら、自分を落ちつけようとしていた。

シズカさんの手が、わたしの手に触れた。

「お嬢様、これからわたくしの申し上げることを、きちんと聞いていただきたいのでございます」

「シズカさん、ええ、でも――」

わたしは彼女の顔を見た。普段は冷静で、表情に乏しいくらいなのだけれど、今はきちんと読み取れる感情が在った。

初めて会ったときに見せてくれた、綺麗な微笑だ。

わたしはうなずいた。シズカさんの声に耳を傾ける。

「わたくしはお嬢様をお守りしたいと考えるのでございます。そのために、為《な》さなければなりません。旦那様を――」

「父を――」

わたしは倒れた遺骸へ視線を向ける。

「――旦那様は亡くなられました。ですから、生あるもののために役立ってもらわなければなりません」

「いったい何を?」

わからない。シズカさんはどうしようというのか。

「利用するのでございます。お嬢様を守るために」

そう云って彼女は廊下に出て、戻ってきたときには大ぶりな鉈《なた》を手にしていた。

「お嬢様、わたくしを信じてくださいませ」

「何をするつもり？」

「お嬢様のために、わたくしは手を汚さなければなりません」

「いったい、何の話なの」

「餌でございます」

冷徹な瞳《ひとみ》、温度を失った微笑。

「首を餌《えさ》にすればいいのです。犯人は首切りがしたい。その理由は問題ではございません。首を欲しているということ自体が重要です。つまり――」

シズカさんは、床に伏した遺骸を指し、

「――これが餌でございます。犯人が欲しているのは首。そうであれば、犯人は誰が殺したかといった些末《さまつ》な問題には執着しないでしょう。自分の手で殺そうが、他人の手で殺されようが、同じことなのです。死体さえあればいい。そこから求めるものは得られるのですから」

彼女は手を広げた。

「首を切ります」

其の十七　刻まれた印

それは宣告だ。

シズカさんは、犯人を見透かしている。犯人のもくろみを崩そうとしている。あるいは、そうした行為で動揺させようとでもいうのだろうか。

死体を損壊するという、罪を犯してまで。

彼女はわたしを守ろうとしている。

でも、それはゆるされることではない。少なくとも、わたしは同意できるはずがない。強く反駁《はんばく》して、莫迦《ばか》な考えをやめさせる。そうしなければ、ならないのだけれど。

——どうして？

違和感があった。彼女に対して、怒りが湧《わ》いてこない。衝撃は受けたけれど、感情を揺さぶるようなものはなかった。

もっと人間的な動揺があっていいはずなのに。

この心の奥にある、ひどく冷静なものはなんなのだろう。

まるで、そう――

自分の感情を紐解《ひもと》いていく作業は、しかし、耳障《みみざわ》りな破砕音で中断させられた。

五郎が、空の酒瓶を床に投げつけて割ったのだ。

「ぼろが出たな」

彼は皮肉げに云った。「それが本心というわけだ。色々と理屈をこねていたが、それはすべて目くらましだったというわけだ」

「どういう意味でございましょうか」

「お前が犯人だろう？」

五郎は、阿片煙草《アヘンタバコ》を深く吸い込み、吐き出した。目つきから普段の理性は失われていた。酔っているに違いなかった。

「わたくしは犯人ではございません」

「黙れ、お前が手にしているその鉈が何よりの証拠じゃないか。それでいったい何をしようというんだ」

「犯人の思惑を破壊するのでございます」

「犯人の思惑だと？」

「はい。犯人は、被害者が被害者本人でなければならない、という点に執着しています。

そして、旦那様本人が犯人であった場合を除き、犯人はこの首をも取得して証明しなければならないのでございます」

「首を切りに来るというのか？」

「さようでございます。であるならば、先に首を切り、これを証明不能にしてしまうのが、犯行計画を壊すもっとも良い方策でしょう」

「前には、顔の皮を剝《は》ぐのだと云ったじゃないか」

「死者が出ないうちは、その方便は有効でございましょう。事実、犯人は犯行を躊躇《ちゅうちょ》しているふしがあります。いくらでも隙《すき》があったというのに、第二の被害者以降は、殺人が実行されていない。北棟の倉庫で見つかった正体不明の顔のない死体は、第一の被害者と前後して死亡したものです。もちろん、旦那様を殺害したのが、あなたの意図したものでなかった場合ですが」

「意図などしていない。確かに、伯父の言動に腹が立ったし、頭にきたのは確かだ。だが、殺そうなどとは思っていなかった……」

ぶるりと身震いして、五郎はまた深く煙草を吸った。

「あなたが犯人でも、わたくしが犯人でも、首切りによって、首そのものを隠匿《いんとく》してしまえば、犯行計画は破綻《はたん》する」

「首を切った後、それをいったいどうするつもりなんだ？」

「焼いてしまうのが良いでしょう」

そうシズカさんは答えた。わたしは黙っていられず口を挟んだ。

「シズカさん、やっぱりそれは受け入れられない。父の体を切るなんて、そんな真似を容認できるはずないわ」

「お嬢様、わたくしを信じてください」

「信じているけれど――」

「そうはならないのでございます」

確信に満ちた声で、彼女は断言する。

わたしにはわからない。首を切ると云いながら、そうはならないと断言する。矛盾しているようで、どこか理にかなっているようにも思える。

そこで気がついた。

これまでのシズカさんの言動を考えれば、何かを得るために意図された方便ではないのか――

「首を焼くなら、手間をせずに体ごと焼いてしまえばいい」

五郎は、紫煙を吐く。

「そちらのほうが手間でございましょう。ここは整備された火葬場ではありません」

「そうか……」

五郎は煙草を吸って頭を振った。

誰もが言葉を失っていた。

シズカさんを止めるものはいない。

「——ただ、その前にやっておくべきことがございます」

彼女は死者へと歩みよった。着衣の懐《ふところ》を探って鍵を入手する——北棟の鍵だ——そして、その時に父の胸元が垣間見えた。

そこには信じられないものがあった。

牡丹《ぼたん》の刺青《いれずみ》。

混乱した。主家夫人と、守原の胸に刻まれていた刺青。それと同じものが父の胸にも刻まれている。いったいどうなっているのだろうか。

「五郎様、一つ質問があります」

「いったいなんだ？」

「あなたの胸にも刺青がありますか？」

「何を、莫迦な」

狼狽《ろうばい》があった。シズカさんは、歩み寄ると、五郎の胸ぐらをつかんだ。

「何をする」

仰天して、五郎は手を振り払おうとするが、彼女の力が意外に強いらしくて思うままにならない。釦《ボタン》が飛び、洋服の前が乱れる。そうして覗《のぞ》いた胸元には、やはり牡丹の刺青が刻まれていた。

「これで、はっきりといたしました」

彼女は微笑する。

「顔のない死体の真相が」

其の十八　顔のない死体の真相へ

「いい加減にしろ」

怒気をあらわに、五郎はシズカさんを振り払った。阿片煙草《アヘンタバコ》の影響で、すっかり普段の温厚さはなりをひそめていた。

「必要な確認でございます」

「何が必要だ。勝手な詮索《せんさく》をしやがって」

「この状況において、隠し事をするほうが勝手でございましょう」

「関係がない、これは――」

五郎は、はだけた胸元を直した。

「家人に刻まれた刺青。それこそが、犯行のもっとも根源的な部分に関する証明ではありませんか」

「女のくせに調子にのりやがって何が云《い》いたい？」

五郎の声が、剣呑《けんのん》さを増した。拳《こぶし》を握りしめ、床に落ちている包丁へと視線を落とす。

今にも、それを拾って飛びかかりそうだ。

「Умрите《ウムリーチェ》（死ねばいいのに）」

シズカさんがつぶやいたとき、異変が起きた。

破砕音が響いた。

部屋の中央に、洋燈《ランプ》の破片が散らばっている。流れ出た燃料が絨毯《じゅうたん》に広がり、それは炎となって燃え上がった。

「いったい何だ？」

「残念ですが、問答はこれまでのようでございます」

シズカさんは、燃え上がる炎から遠ざかると、わたしのところへ小走りにやってきて手を取った。

「お嬢様、お逃げ下さいませ」

「え、でも――」

わたしは、力強く引かれて、入り口から押し出されるように廊下へ放り出された。

「お嬢様、これをお持ちください。北棟から中庭へと出るのです」

北棟の鍵を手渡される。

「シズカさんは？」

「わたくしは、まだやらなければならないことがございます」

「いったい何が――」

部屋の中を見ると、炎の中で五郎と九条が対峙《たいじ》していた。

二人は、鋭い視線を交差させると、突進して体をぶつけ合った。もがき、争っている。

九条のほうが体格に勝るせいか有利に見えた。

「さあ、お嬢様、お急ぎくださいませ」

「シズカさん、わたし」

「北棟から中庭へ。そして、幽閉塔へ向かわれるといいでしょう」

「幽閉塔へ？　わからないわ。どうして、そんな場所へ？」

「それがもっとも良いからでございます。わたくしを信じてください。わたくしの言葉を」

「……わかったわ」

わたしはうなずいて、走り出した。シズカさんには何か考えがあるに違いなかった。

突然に発生した五郎と九条の争いも、シズカさんの意図するところもまるで理解しがたかったけれど、それでも彼女だけは信じられた。

体力がないせいで、回廊の途中で何度も立ち止まって休まなければならなかった。

そのたびに、充満する煙にむせた。炎は広がり出しているようだ。背後がとても気になったけれど、もう戻るわけにもいかない。そのまま進んで、北棟へ向かった。

北棟へ入ると、中庭入り口への扉の前に立った。

――これで良かったの？

答えはまったく得られていないように思われた。幽閉塔へ行ったとして、それが何になるというのだろうか。

扉を開いた。中庭の景色は先ほどとは違って見えた。

霧が晴れている。

まだ薄闇《うすやみ》が支配しているけれど、濃密にただよっていた霧は去っていた。見通しがよくなり、中庭の森の中央に立つ、幽閉塔がここからでも確認できる。

中庭に踏み込み、そこで立ち止まる。

手に持った洋燈とは別の光が感じられた。

「朝？」

まだ時間が早いように思えた。そして、それはまちがっていなかった。わたしが朝日だと勘違いしたのは、赤々と燃える炎だ。

館の一角から火の手があがっている。

応接室の方角だ。

まだ事態は沈静していない。

背後で、入り口扉が閉じられる。

シズカさんが、追いついてきたのだろう。わたしは安堵《あんど》して振り返った。

そこに立っていたのは彼女ではなかった。

「これで終わりにしましょう」

九条だった。

其の十九　印無き者

燃え上がる炎に照らされた横顔は、どんな感情もあらわれていなかった。

恨みも、憎しみも、怒りもない。

のっぺりとした無表情。冷静というより、感情が欠落しているのではないかとさえ思えた。

「いったいどうしたの？　五郎さんは、シズカさんは……」言葉の途中で、思い至る。

「あなたが、犯人なの？　いったいどうして」

わたしは九条に問いかけた。九条は、わたしを冷たく一瞥《いちべつ》して、

「今さら、そんなことを知ってどうなります」

「まるで感情がないみたい……」

わたしは、九条の冷たい態度が不可解だった。すると、九条は、ひどく空虚な笑みを浮かべた。

「感情がない？　お嬢様、そんなこと他人に云《い》えますか？」

「だって――」

「わたしにしてみると、お嬢様のほうがよほど不気味ですよ。父親が殺されたっていうのに、涙ひとつ見せない。可愛らしい顔をして、とんでもない冷血だ」

「そんなことはありません」

反駁《はんばく》しながら、内心では認めていた。

――そう、わたしは……。

「血の繋《つな》がった肉親だ。そう意識していれば、少しは感情が動くはずだ。それがまったくない。心が動かないのだとすれば、やはりお嬢様は嘘《うそ》をついているのじゃないかと思えてくる」

「嘘ですって？　わたしは嘘なんてついていない」

「そうかな？　お嬢様、あんたの態度はいちいちおかしかった。繕っているのじゃないかと、わたしは疑っていた」

「何を云っているの？」

「そう都合良く、記憶を失っているわけはない――」

つぶやくと、九条は表情を変えぬまま、わたしを突き飛ばした。

わたしは地面に倒れ込む。持っていた北棟の鍵《かぎ》が落ちる。

九条は鍵を拾い上げると、出入り口の扉に鍵をかけた。

逃げ場はない。

そうして、九条はわたしにのしかかってきた。

「何を――」

この人は、いったい……。

「確認しておく必要がある。念のためだ。すべてが偽りという可能性もあるからな」

九条は、わたしの胸元を乱暴に引き裂いた。それを見るのは、情欲に憑《つ》かれた獣ではなかった。興奮はなく、冷たい瞳《ひとみ》が鏡のように映しているものは――

「刺青がない」

九条が云ったときだ。

閉じられた北棟の扉が打ち鳴らされた。

誰かが、扉を開こうとしている。

九条の意識が、一瞬そちらへそれた。

今しか、逃れる機会はない。

両手で思い切り、突き放す。

幸運なことに、突き出した指が、九条の目に入った。

体が離れる。わたしは必死に転がって距離をとった。

立ち上がり、後じさった。

九条はまだ目を押さえている。

北棟の扉は閉まったまま。館内へ逃げ込むことはできないけれど、中庭は広いから、そのあたりの木陰に入り込んでしまえば、容易に見つかるとは思えない。

そう判断して、わたしは震える自分を叱咤《しった》する。

九条が、再びこちらを見た。

その瞬間には、もう逃げ出していた。後ろもふり返らず、生い茂った草木の中へと飛び込んだ。肌の露出した箇所に、枝葉が擦って疵《きず》をつけるけれど、かまっていられなかった。無我夢中で走り続ける。

どれだけ時間が経《た》ったのかわからない。

中庭は広いとはいえ、長時間走ったはずはないから、実際にはたいした距離ではなかったのだろう。それでも、運動から遠ざかっていた体には酷だった。

息が上がり、あえぎながら倒れ込んだ。

もう限界だった。

背後をふり返って見たが、追っ手の姿はなかった。

安堵《あんど》で胸を撫《な》で下ろす。

呼吸を整えながら、いったい今、自分がどのあたりにいるのかを考えた。

目の前に、館の壁がある。

高い壁を見上げると、ひとつだけ開いた窓と露台《バルコニー》が見えた。

中庭に面して開いているのは、東棟の二階、主家夫人の自室だけだ。

どうやらわたしは、北棟から、壁沿いに東棟のほうへ逃げてきたらしかった。

――どうしたらいい？

逃げてはきたものの、これからどうすればいいのかわからない。

館内へ戻るには、北棟の入り口から入るしかないけれど、そこにはきっと九条がいるだろう。

進退窮《きわ》まってしまった。

そのとき、どこからか声がした。

「お嬢様」

シズカさんの声。わたしは彼女の姿を求めて、周囲を見回した。

どこにも姿が見えない。

「お嬢様」

再び声がした。

いったいどこから――

声が頭上から聞こえることに気がついた。

「お嬢様、少々その場所から退いてくださいませ」

反射的に、わたしは一歩退いた。すると、頭上からシズカさんが落下してきて、地面に着地する。

さっと裾をひと撫でして、乱れを直すと、何事もなかったかのようにこちらを見た。

「ご無事でございますか？」

「え、ええ。なんとか――」

わたしは、もう一度頭上を見上げた。二階の露台まではかなりの高さがある。

「あそこから飛び降りたの？」

「はい。北棟の扉が閉じられてしまいました。施錠《せじょう》を壊すことも考えたのですが、なかなかに頑丈で、時間がかかってしまうと判断したのです。それで、東棟の二階からであれば、中庭へ入れると考えて、こちらへやってきました。露台から地面までかなりの高さがありましたが、幸いにして無事に着地できましてございます」

「合流できてよかった」

わたしは安堵した。一人きりというのは、精神的に辛《つら》い。彼女の存在はそれだけでもありがたかった。

「……どうされました？」

シズカさんの問いに、わたしは先ほどの出来事を話した。彼女は黙って聞いていた。

その眼は、鋭くわたしの破れた胸元へ注がれていた。聞き終わってから、

「さようでございますか。では参りましょう」

「いったいどこへ？」

わたしは困惑して聞いた。

彼女は決然として、

「決まっています。わたくしたちは、真相を知らなければなりません」

「戻ろうというの？　危険だわ」

わたしの主張に、シズカさんは首をふった。

「わたくしたちが知るべき真相は、この中庭にあり、逃げられるものではないのです」

「この中庭って……」

思い当たる場所はひとつしかなかった。

「いったいどうして……」

「殺人が行われ、知るべきものが開示されるとすれば、そこに在るものは必定です。求めた答え。解かれる謎の真相。すなわち――」

色のない唇が微笑する。

「――犯人でございます」

其の二十　顔のない死体の解答

霧の名残が露となって草葉についている。それが、館からあがる炎を反射して、紅玉《ルビー》のように輝いていた。わたしたちは中庭の中央、幽閉塔へと一歩一歩近づいていった。もう空が明るくなり始めている。少し先まで見通せた。

「あれは……」

幽閉塔の前に、誰かが立っている。

影のように佇《たたず》む。その男は——

「……九条」

わたしは逃げ出したい衝動に駆られた。けれど、シズカさんがそっと手を握って、

「ご心配には及びません。彼が、わたくしたちを害することはございません」

「どうしてそう云《い》い切れるの？」

「確信がございます。彼が何をしたのか。どうやってしたのか。どうしてしたのか、その意味を理解しているのです」

そう云うと、シズカさんは歩み寄っていった。

「終わったのでございましょうか？」

「どうかな？」

九条の眼差《まなざ》しは、危険な光を帯びて彼女を見ていた。シズカさんは、襟元の釦《ボタン》を外し、そして服を開いて胸元をあらわにした。

「わたくしにはございません」

「……そうか。ならば、そういうこと」

二人の間で、何がしかの了解がなされた様子だ。

けれど、わたしにはさっぱりわけがわからない。

「いったいどうなっているの？　五郎さんは？　火がついて、それからどうなったの？

なぜ、あなたたちは事情を察しているの？　きちんと説明して」

勢い込んで尋ねると、シズカさんは礼儀正しく一礼した。

「かしこまりました。では、お嬢様、まずはあちらをご覧くださいませ」

「あちらって――」

わたしは、シズカさんが指し示した方向、東棟を見た。

「浮遊する首。一連の事象を紐解《ひもと》く上で重要な手がかりでございます」

彼女が示したのは、異様な光景だ。

首が空中を移動している。

中庭は霧がすっかり晴れ、朝日と館を焼く炎が、すべてを明瞭《めいりょう》に照らしていた。東棟の露台《バルコニー》から、光を反射しててぐすが伸びている。それはまっすぐに中庭を横断して、堀を越え、幽閉塔の二階へ結ばれていた。てぐすには傾斜があって、館の露台側のほうが、幽閉塔よりも高い位置にある。したがって、てぐすに手拭《てぬぐ》いで結わえられた首は、滑るようにして徐々に幽閉塔へと降りていく仕組みだ。

それは二つ。父と五郎の首だと知れた。

「こんな、こんなことが……」

「濃密な霧が、このような事実を、怪奇か尋常ならざる精神が見せる幻覚と思わせていたのでございます。

方法は、こうでございましょう。

まず、てぐすに手頃な重りをつけて、露台の手すりに向かって投げます。うまくからんで露台との間が結ばれれば、あとは館側の犯人が首を送るのを待つだけです。露台に結ばれたてぐすは、幽閉塔の側で強く引っ張ることで断たれます」

シズカさんの言葉どおり、首が幽閉塔へ消えると、まもなく琴線を爪弾《つまび》くような音が響き、てぐすは断たれた。

「結び目の部分がのこりますが、それは、露台側にいる人物が後々回収すれば済むことです。

逆に首を館側へ送る場合は、堀の対岸にある木へ、てぐすを投げてからめてから、あとは同じように首を移動させます。堀の対岸の木は、幽閉塔の二階よりも低い位置にあるので、そうしたことが可能となるのです。おそらく、犯人は何度か送る場合の予行演習をしたでしょう。そうしてうまくことが運ぶ目算をつけていたのです」

わたしは思い出した。事件の前日、九条と会う直前、弦を爪弾くような音がしたことを。

「あなたが――」

わたしは九条を見た。

「――あなたが五郎さんを殺したの？　そして、父の首も切って、幽閉塔へ送ったの？」

「そう、です」

認めた。

彼は、自分が殺人犯人だと認めた。

「ひどい、どうしてそんな」

「いけません、お嬢様」

非難の声は、シズカさんに止められる。彼女は、「そうしたことを云ってはならないのでございます」

「何を云っているの？　むごい仕打ちをしたのは、この人じゃない」

「さようでございましょう。しかし、お嬢様がそれを云ってはならないのです。決して、そのようなことを口にすべきではない」

「わからないわ。わたしには何もかもが……」

「少しずつ、お話しいたしましょう」

「シズカさんは、わたしと別れてから、いったいどうしていたの？」

「わたくしは、部屋に残って炎の中で対峙《たいじ》する、二人を注視しました」

「止めに入らず？」

「その必要はなく、またそうすることは不可能でした。炎に遮られ、誰も近づくことはできなかったのです。二人の戦いは、体格に劣る五郎様が劣勢に立たされ、ついにそのまま決しました。九条は五郎様の命を奪った。それから、九条はお嬢様の後を追って、北棟へ向かったのです。わたくしは、隠れ潜んで見ていました。九条はお嬢様に刺青がないのを確認するはずだ、という裏付けをとるためでございます」

「わたしは、おとりということ？」

「お嬢様ご自身に危険が及ぶことはないと判断していました。扉の裏に潜んで、鍵穴《かぎあな》から状況を確認し、頃合いを見て扉を叩《たた》き、お嬢様が逃げられるようにいたしました」

「あれもすべて計略……」

「お嬢様が逃げた後、九条は応接室へ戻って、二つの首を切り、東棟へ向かった。わたくしは、それを追ったのでございます」

「それから、あの仕掛けをした……」

「さようでございます。九条は仕掛けを行ってから、東棟の露台から立ち去った。わたくしは、仕掛けを確認して、露台の下にいるお嬢様を見かけたという次第です」

「そうだったのね……」

そうすると、わたしは、ずいぶん中庭をさ迷っていたらしい。

「今、すべての材料は提示され、解答は誰の目にも確固としてあきらかでございます」

シズカさんは、幽閉塔を仰ぎ見た。

「犯人は首を切るという行為にこだわった。被害者を殺害し、生前か死後か問わず、首を切って持ち去った。すべての犯行において、それを貫徹した。冷徹にやってのけたのでございます」

「おかしくなっているのよ、この人は」

「いいえ、お嬢様も感じたはずです。ひどく冷静で、その場その場で柔軟に対応し、犯行を進めた。それは支離滅裂なものではなく、理路整然とした思考によるものなのでございます」

「あんなものが理路整然としているというの？　首を切り、わたしたちへ見せつけるなんていう真似が？」

「さようでございます。犯行は、一見すると狂気の沙汰《さた》にちがいありません。現実の世界の理《ことわり》に縛られている身からすると、およそ信じられないものでございましょう。しかし、あるひとつの理解によって、この一連の犯行は、様変わりするのです」

「それはいったい何なの？」

「顔のない死体。犯行の象徴的な主題でございます」

「顔のない死体の意味を理解すれば、一連の犯行は支離滅裂な狂気の沙汰ではなくて、別の理解へと変わる。でも、その意味がわからないわ」

「それはこう理解すればいいのでございます――」

　シズカさんはふり返り、

「――入れ替わりであると」

「ますますわからない」

　わたしは反駁《はんばく》せずにはいられなかった。「第一の被害者である主家夫人は、入れ替わりの可能性を否定されたじゃない。第二の被害者も、後の被害者も、すべて本人であると証明されているわ」

「なぜ、入れ替わりの可能性が生じたのか？　問題の本質は、そこなのでございます」

「入れ替わりの可能性……」

「さようでございます。本来、限られた人間が集う場所で行われた殺人において、顔のない死体は、入れ替わりを意味しません。当然ですが、死体が誰なのか、残された人たちには明瞭にわかるからです。しかし、個人識別にとって重要な証明が消されていた場合、ある種の疑惑を生じさせるのは必然です。

　第一の犯行、主家夫人殺害において、犯人は致命的な失敗をしました。このしくじりが、入れ替わりの疑惑を抱かせるものなのです」

「失敗ですって?」

「殺害の最中、誤って胸元に疵《きず》をつけ、刺青を判別不能にしてしまった。顔のない死体という状況において、重要な個人識別の証明を消してしまったのです。これこそ、労を費やしてまで首実検を行わせ、被害者が被害者本人であることにこだわった原因」

「まさか……」

「もし、第一の被害者にあるべきはずの刺青が無く、第二の被害者にそれがあったとしたならば、当然、疑うべきは入れ替わりの可能性」

「被害者が被害者本人であるということ……」

「犯行は、必ず首を切らなければならない。ただし、被害者が被害者本人でなければならない。この条件を満たすために、犯人は、自らの失敗によって生じた疑惑を打ち消さなければならなかった」

「犯人は、首を欲したけれど、それが入れ替わりだと思われるのは都合が悪かったと、そういうことかしら」

わたしは、主家夫人が殺害されたときに、シズカさんが五郎とのやりとりでほのめかした言葉を思い出していた。

『他の誰かではないとしたら？』

それはおそらく、犯人に向けたものなのだろう。どんなにか理路整然と否定されても、入れ替わりの疑惑は強く心に残ってしまう。現実的にあり得ないと考えていても、もしかすると何か欺瞞《ぎまん》があるかもしれないと。

「でも、シズカさんは否定していたわ。主家夫人と守原さんは体型がちがうから、入れ替わりの可能性はあり得ない」

「さようでございます。しかし、それは主家夫人と守原さんの体型を、もっと穿《うが》った云い方をするならば、裸体を知る人間にとって意味のある否定なのです。

それを知っていたのは誰なのか？

もちろん、刺青が刻まれていると知っていた人物は除外されます。

犯人がすべき証明とは、それを知らない人間に対する入れ替わりの可能性の否定」

「それって――」

そのとき、はじめてわたしにもシズカさんの考えの一端がわかった。

つまり、二人の体の特徴をよく知る父や、家人に刺青《いれずみ》が刻まれていると知っていた五郎たちは、そもそも、犯人が証明を行わなければならない人物ではなかったということだ。

シズカさんは、そのことに気がついていた。

おそらくは、北棟の倉庫で発見された、首のある顔のない死体が提示されたとき、父とのやり取りで気がついたのだ。

父は、顔がない死体の正体を知り得ている、と。

「殺害と首切り、そして被害者の証明は不可解であり、事件を不透明にしています。ただ、もうひとつ、犯人の行状を鑑《かんが》みることで回答を得ることはできるのです。そう、事件はなぜ起こったのか？　殺人の動機はどこにあるのか。もう一度、くどいほどくり返された、犯人は冷静であるという点に立ち返ってくださいませ。それは感情的な動機を否定するものです。いいえ、もっと単純に、感情的な動機は存在しない。さらに、先鋭的に洞察してみましょう。動機など存在しない、と」

「動機がない？」

わたしには信じられなかった。「これだけのことをして、動機がないなんてあり得ない」

「いいえ、むしろ動機があっては不都合なのです。そうではないからこそ、これだけの残虐性と、人間軽視が実現される。人を人と思わず、どんな感情も持ち合わせないからこそなのです。恨みや憎しみは、人を鬼へと変えます。しかし、犯行はそれを否定します。冷静に、理知的に、自動機械のごとき犯行が」

「わからないわ。それこそ支離滅裂ではないの？」

「これはおかしな逃避ではありません。人間心理の複雑なあやを指摘して、異常な状況をもっともらしく見立てているわけではないのでございます」

「自動機械のような、そんな殺人がなぜ行われたの？」

「すべての解答は、やはり『顔のない死体』の問題へと立ち返ります。それは入れ替わりを強く暗示し、その暗示を否定するために行われた。動機は存在せず、犯人はひどく冷静であった。これらを鑑みて事件の謎は紐解かれる」

彼女は、

「動機はなく、ただ目的だけが存在した犯行。

それが意味するところはひとつしか在りません。

首は、この幽閉塔へ捧《ささ》げられるため切りとられた。

そうして、証明が為《な》されたのです。

被害者本人が殺害されたのだと。他の可能性はこれによってすべて否定されます。首が在ることによって、入れ替わりの可能性が否定される。

その証明は、犯人のためにあるのではありません。

被害者のために証明されるのでもない。

殺人を求めた第三の、真犯人のためにあるのです。

これこそ、実行した犯人が、冷静であり、動機が存在しない。顔のない死体をつくりだし、顔のない死体の意味を否定する必要に迫られた理由なのです。

一連の犯行はこうして理解されます。

すなわち、
委託殺人なのでございます」

其の二十一　裁きの送り火

幽閉塔へ捧げられた生首は、真実をまざまざとわたしたちへ見せつけていた。

「委託殺人……」

「さようでございます。犯人は委託され、殺人を行った。だからこそ、被害者に対する動機など存在せず、ただ無感情な犯行だけが在ったのでございます」

「頼まれて、殺したということ？」

「依頼された、あるいはそう強いられた。形態はさまざまですが、そのように理解していただいて不都合はございません」

「他人のために、あんなにひどい真似ができるというの？」

「他人のためであるがゆえ、とも解釈できます」

「自分の責任じゃないから、ということ？」

眩暈《めまい》がした。

「罪の意識とは不思議なものでございます。人は自らに甘く、際限なく過保護になれます。対照的に、他人には際限なく残酷になれるのです。自己が自らをゆるす完璧《かんぺき》な理由を捏造《ねつぞう》できたとき、他者への暴力は罪の意識の外側へ置かれてしまいます」

「だからって人を殺《あや》めて、首を切ったりできるかしら。他人のために――」

「委託であるがゆえに、委託殺人であるがゆえに」

シズカさんは、燃える館の火を瞳《ひとみ》に映して、「それこそが、まさに一連の事件の残虐性の象徴である、首切りの理由なのでございます。委託されて殺人を請けおった以上、その委託が望まれたとおりに遂行された証拠が必要になります」

「ああ……だから……」

「被害者の首は切られ、幽閉塔へ運ばれなければならなかった。殺害の証明として、それは為《な》されたのでございます。この証明は確固としたものでなければならなかった。殺人の証明は、被害者本人の死体が在ることが一番です。確認すべき当事者の真犯人が、幽閉塔にいる以上、死体は幽閉塔へ運ばなければならない。

しかし、幽閉塔を囲む堀の存在が、死体そのものの運搬を困難にしています。

そうであれば、死体の一部を運ぶしかない。

首切りと運搬は、被害者が被害者本人として認識されうる証明としてなされた。

委託殺人であるがゆえ、他人のための殺人であるがゆえの理由でございます」

「でも、やっぱりわからない。頼まれたのだとしても、殺人は重い罪。そんなにも割り切れるものかしら」

「実行した犯人に殺人の動機はなかった。ただ、それを請けおう動機は存在したでしょう」

シズカさんは、九条を見て云《い》った。彼は、

「……知ったところで意味はないでしょう」

「あなたは、もとは警察官なのではありませんか？」

シズカさんは、鋭く九条のしぐさを見とがめた。九条は左の腰に手をあてている。それを指し示して、

「帯刀の経験があるものの癖でございましょう。あなたは、金貸しの子であると告白されていたことがあります。帯刀するのは、軍人か警察官。軍人であれば、帯刀するのは下士官以上の者ですので、士族かそれに準ずる有力な家柄でなければ難しい。であれば、警察官の可能性が高い」

「……なんでもお見通しですか。確かに、わたしは警察官でした。家族を強盗に殺された恨みでね、不正義の輩《やから》を正したかったのです。

——最初は、本当にそう考えていた。

盗人や、弱者を踏みにじるものたちを追いたてた。抜刀も厭《いと》わず、血を浴びることも少なくなかった。

そのやり方が、同僚たちに疎《うと》まれたのです。

あるとき、若い女から財布を盗んだものを咎《とが》めましてね、そのまま抜刀して切った。盗人が抵抗をしたのだと、そのように報告したが、周囲は納得せず、わたしは退職に追い込まれた。

失望しました、警察という組織に」

「法の裁きをうけさせるべきです」

「かつて、わたしも信じていましたよ。人というものは、生来、悪ではない。人生の歩みを間違えたがために、道を外れてしまっただけなのだとね。

だが、ちがった。

わたしは確信したんだ。

あの夜にね」

九条の瞳には、何も映っていなかった。

「強盗が押し入り、まず父と争いが起こった。母は、幼い兄妹を押し入れに隠した。兄妹は、かすかに開いた襖《ふすま》の隙間《すきま》から、一部始終を見ていた。

父と母は殺された。

それだけではない。やつらは、金貸しは悪党で罪人だと罵《ののし》っていた。金貸しという商売は恨まれやすい。銭を借り、返せない連中が逆恨みする。自分が返せないのが悪いのではない、貸した連中が守銭奴で、悪なのだと。

やつらは罪人はさらし首だと云って、夫婦の首を切ったのだ」

「あなたは……」

「生き残った兄妹に、憐憫《れんびん》や同情はなかった。金貸しが殺されたのは、欲深さゆえの自業自得《じごうじとく》だという冷笑さえ浴びせられた。お嬢様、貴女は云いましたね？『血筋や家柄が、人のすべてを決めるわけではない』と。

世間は、そうは考えてくれなかったのですよ」

「妬《ねた》みを持った、ほんの一部の人の意見でしょう」

わたしはそう反論したが、九条は首を振った。

「わたしは証明しなければならなかった。人は、道を踏み外したために悪に染まるのではない。残虐な行いの果て、自らを正当化して恥じぬ輩。悪は悪ゆえに悪なのだ。だからこそ――」

「裁いた、と？」

シズカさんの瞳が光る。九条は首を振った。

「共感したんですよ」

彼は幽閉塔へ視線を向け、

「――わたしは迷っていた。悪人を裁くのに躊躇《ためら》いはない。しかし、委託されて殺人を行うという行為は、はたして是とすべきかとね。だが、わたしはわたしに依頼した人物に共感を覚えた。お嬢様の言葉でそれは裏付けられ、確信へと変わった。迷いはなくなった。頼まれたとおり、殺人をはじめたのです」

「わたし……？」

わけがわからなかった。わたしの言葉で、いったい何が裏付けられたというのだろうか。

「真相を得れば、理解されるでしょう。誰がわたしに殺人を依頼したかを知れば」

「ご自身の口で語るべきでは？」

そう指摘したシズカさんに、九条は、

「貴女はどうだ？　わたしの行いに気がついていたはずだ――」

「わたくしは、わたくしの職務に忠実であっただけ」

「わかっていたのではありませんか？　推理で、最後の一手が決まるまで待っていたというのは、方便では？　殺人を容認し、最後まで犯人を指摘しようとしなかったのは、貴女自身が意図したものではなかったか？」

九条は、眼を細めて彼女を見ていた。それからふっと視線を切った。

「そして、わたしが正す不正義は、自分自身も例外ではない。己は、己によって正す」

そうして、九条は燃えさかる館へ向かって歩き出した。

「お嬢様、貴女はこうもおっしゃった『自分で選び取って、それが良いことなのだと考えたのでしょう』と。そのとおりです。わたしは選び取ったのですよ。すべてにおいて、正しい選択をね」

「何をするつもりですか？」

わたしは叫んだ。振り返った九条は、はっきりと云った。

「罪人は、その罪を免れるべきではない。

殺人犯は、その命を持って罪をあがなうのだ。

わたしは奴《やつ》らとはちがう。自らを正当化などしない。

あの日、あの夜に行われたのは、強欲な金貸しに対する正義の鉄槌《てっつい》などではない。

悪党が、弱者を踏みにじっただけなのだ。

ただ、それだけなのだ――」

九条は、焔《ほのお》が盛る地獄へと、その身を投じた。

其の二十二　幽閉塔の真相

犯人が焔《ほのお》へと消え、最後に謎が残った。

誰が、殺人を依頼したのか？

「真実は、この先に――」

彼女は幽閉塔を指し示した。

「でも、堀を渡ることができない」

「それは、閉じ込めた側の定義でしかありません。幽閉された側にとっては、囚《とら》われた檻《おり》に他ならないでしょう。しかし、わたくしたちはこちら側にいます。であれば、手段はあると考えるべきでございましょう」

「いったいどうやって？」

「この堀には、水が溜《た》まっています。底は深く、見通せない」

「ええ、そうね。水面はかなり低い位置にあるし、石積みはなめらかで角度があるから、仮に泳いで行こうとしても這《は》い上がれない。槍《やり》のように突き出ている鉄串《てつぐし》があるから、そもそも危険よ」

「水がある。その事実に注目するのです。水はどこからきているのでしょうか？」

「どこから？　どこからって……」

わたしは視線をさ迷わせた。堀は幽閉塔をぐるり囲んでいる。よく見ると、東棟の方角に、ぽっかりと口を開けた管が見えた。

「水の出し入れをする設備が必ずあります。それが答えとなるでしょう」

シズカさんはそう云《い》って、管のほうへ近づいていった。ほどなくして、下草に隠れていた金属製の把手《とって》が見つかった。これで瓣《バルブ》を開くのだろう。

「これが水を流入させる把手、こちらが排水のほうです」

「それでどうするの？」

「水面が低い位置にあるのが問題なのです。であれば、水を入れればいい。そうすれば、堀というものは、ただ水の満たされた池にすぎなくなります」

そう云って、シズカさんは把手をひねった。最初は低く水音が響き、徐々に高くなっていく。堀へ水の流れ込む音がした。わたしは、そちらへ近づいて下を見た。徐々にではあるが、水面が上昇をはじめていた。

堀が水で満たされると、シズカさんは、

「さあ、参りましょう」

泳いだ距離は、それほど長くなかった。彼女の云う通り、水が満たされてしまえば、堀はたいした障害ではなかった。

対岸に這《は》い上がり、わたしたちは水気を振り払った。

「依頼をした人物は、ここにいるの？」

「殺人の証明となる首は、この幽閉塔に運ばれました。すべての被害者の死が、ここで証明される必要があったからでございます。それは、首実検を行い、その死を見届けるべきものが、この場所にいるということをあらわしているのです」

「正気を失ったという人が……」

「確かめる必要があります」

彼女は、牢獄《ろうごく》の扉へ手をかけた。

「このまま――」

わたしは畏《おそ》れた。

幽閉塔へ入って、真実を知ることは、果たして必要なのだろうか。

謎の人物は、九条に殺人を依頼して、それを実行させた。その意図はわからない。けれど、何かわたし自身に密接に繋《つな》がりのあるもののように思えてならなかった。

いいいいいいいいいいいわたし自身の、この奇妙な冷静さと。

「――すませることはできないのね」

「お嬢様」

シズカさんは、わたしの手をそっと両手で包んだ。

「強く在ってくださいませ。何があろうとも、わたくしがご一緒いたします」

「シズカさん……」

「わたくしはお嬢様の使用人でございますゆえ」

彼女はそう云って、一礼すると、幽閉塔の闇《やみ》へと、一歩一歩進んでいった。わたしも後からそれに続く。石造りの内部は、想像していたような牢獄めいたところではなかった。入り口の鉄格子《てつごうし》を抜けると、そこから先は窓がないだけで、小さな洋館といった趣だ。

洋燈《ランプ》で照らし出された通路の奥には、小規模な広間があり、周囲にいくつか扉が見えた。シズカさんは、奥の扉に向かって歩いていく。かすかに、そちらから人の気配が感じられた。姿の見えない、それはいったい……。

殺人を依頼し、首を切ってその証明を行うように強いた人物。

正気を失い、幽閉塔に囚われていた存在は、悪魔ではないのだろうか？

そうでなければ、説明がつかない。自らの手を汚さず、他人に強いてそうさせた。残虐な行いを、首実検をさせてまで。

理性ある人間の所業ではない。それは実行犯の無感情を超える悪徳ではないだろうか。

もっとも憎むべき邪《よこしま》さではないだろうか。

「お嬢様、ひとつお聞きしておきたいことが」

シズカさんは、扉の前に立ち、こちらを見た。

「いったい何？」

「お嬢様は、真相を知ったとき、犯人を憎まれるでしょうか？　一連の犯行を意図し、すべてを謀《はか》ったものの存在を」

「それは、当然そうであるべきでしょう。わたしは――」

感情を膨らませようとしてみるが、それはなかなかうまくいかなかった。

――どうして、こんなにも冷たいのだろう。

冷え冷えとしたものが、心の隙間《すきま》を抜けていく。

膨らませようとした感情はしぼんでしまう。

わたしは憎悪《ぞうお》を抱けなかった。こんなにも自分がお気楽な、あるいは冷血な人間だとは思ってなかった。家族の死に対して切実になれない。父が刺されたときですら、わたしはひどく冷静だった。

「――わたしは憎まなければならないのに」

「お嬢様、現実は過酷でございます。悪が、悪そのものとして振る舞い、他人の憎悪を買ってしかるべきとは限りません。そして、殺人という罪が、もっとも現実的な形で具現化するのは、感情が発露したときなのでございます」

「この犯罪に感情はないと、動機はないと、あなたは云ったじゃない」

「実行犯の側に、それは存在しません。しかし、真犯人には存在します。もっとも現実的な形で具現化し、即物的で、単純で、人間らしい動機が」

「あなたはわかっているのね……」

「お嬢様の胸に刺青《いれずみ》はございませんでした。あるべくはずのものがなかった。それはひとつの答えをあらわしています」

「この先に、それが？」

「お嬢様も、うすうすわかっていたはずでございます」

彼女の指摘を否定できなかった。

そう、わたしは知っていた。

わたしは家族を想《おも》っていなかった。

いや、違和感を覚えていたのだ。

だからこそ、家族の死に切実になれなかった。

残酷な死が身近に訪れる度に、どこか空虚さを感じていた。

まるでうわさ話を聞くように、つくられた物語を読むように、感じていた。

その感情を解くのが怖かった。

恐ろしい何かが、顕《あらわ》れてしまうという予感があった。
「参りましょう」
彼女が扉を開いた。
室内は明るく、幽閉塔の内部とは思えぬほど、質素だがきちんと調えられていた。
感情が動いた。
ひとりの女性がいる。
驚き、駆けよってくる。
そうして、わたしに抱きついた。
「ああ……」
涙があふれる。
残酷なまでに理解する。
すべて思い出した。
「ここに幽閉されていたのは何者でもありません。
真犯人は、あなたさまのご家族」
そして宣言される。
「ここに幽閉されていたのは、宇江神家の御息女、華煉様。
真犯人は、宇江神和意。あの北棟の倉庫で顔のない死体となって発見された男。

もうすべておわかりでしょう、お嬢様——

いえ、こうお呼びすべきでございますね。

主家夫人、玲ヰ華様」

終章

――彼女と再会したのは、それから七年も経《た》った後でした。

事件の後、宇江神家は嵐に揺れました。幸い、政府と結びつきの強い遠戚《えんせき》の香呂河家が助け舟を出してくれたこともあり、世間に大々的に伝わることは避けられました。

わたしは呪《のろ》わしい出来事に見舞われた祠乃沢を離れ、葉山の別邸へと移りました。そこで本物の華煉さんと一緒に、家族を守るため事件の責任を背負い込んだ和意さんを弔うことにしたのです。

その春の陽光、雲一つなく晴れた空。

丘の上に立つ別邸に、海からの風が心地よく吹いていました。

外出する華煉さんを見送った後、わたしは庭に出て、遠く水平線を見つめていました。

「お久しぶりでございます」

背後から声がかかった。

わたしはなんとなくだけれど、再会を予感していた。

いや、信じていたのだと思う。

彼女はきっとまた逢いに来る。事件の顚末《てんまつ》をすべて見届けるために。

その確信は間違っていなかった。

振り返ると、七年前と同じ彼女がいた。藍《あい》色の服に白い前掛けを身につけている。髪は洋装に合うように束髪で、英吉利《イギリス》結びにまとめられていた。人形めいて整った容姿で、その灰青色の瞳《ひとみ》は、異国の血筋が強く感じられた。

「シズカさん」

わたしは、歩み寄ってその手をとった。彼女の手は変わらず冷たかった。

「ご無沙汰《ぶさた》しております。お元気なようで何よりです。お嬢様――」

彼女は、そこでふっと口元に柔らかい笑みを浮かべた。「――いえ、奥様とお呼びすべきでしょうね。それとも主家夫人と？」

「そんなふうにわたしを呼ぶ人はもういません。わたしは宇江神華煉だと信じ込まされていただけで、実際は宇江神玲ヰ華でした。けれど、主家夫人と呼ばれていたのも、もう過去の話なのです」

わたしは、庭の四阿《あずまや》に彼女を誘った。久しぶりに話をしたかった。彼女はそれならばと、台所を借りてお茶の支度をしたいと云《い》った。

彼女はもうわたしの専属使用人ではない。大切なお客なのだから、そんなふうにする必要はないと云ったのだけれど、彼女は首を横に振った。

「そうしたほうが落ち着くのです」

頑として聞き入れる素振りはない。わたしは好きなようにしてもらった。

台所をたちまちのうちに把握して支度を整えると、わたしと彼女は庭の四阿で久しぶりのお茶を楽しんだ。

「お煙草《タバコ》、またはじめられたのですか？」

「まさか」

わたしは、左手で西洋煙管《キセル》を弄《もてあそ》びながら、「もうこりました。これはただの癖です」

「悪癖でございますね。おやめくださいませ」

「ええ。自分を華煉さんだと思っていたときから、妙に気になっていたのだけれど、つまりは中毒による禁断症状なのよね」

わたしは煙管を卓に放り出し、

「喫煙は、和一郎さんの影響だったのですよ。和意さんは嫌がっていましたけれど」

「……今後、どうされるおつもりです？」

「もともと、和一郎さんはわたしを和意さんの後添えに考えていたのです。それが、和意さんは亡くなった先妻に義理立てして反抗したので、その腹いせで自分の妻にするなどと――」

病魔に蝕《むしば》まれていたとはいえ、剛胆で常識はずれな人だった。わたしを気に入ってくれて、どうしても義理の娘になってくれと欲した。それがかなわぬなら、いっそ妻になれなどと云って実行してしまった。

「それを承知するお嬢様も、なかなかのお人柄でございます」

「勘違いしないでほしいのだけれど、遺産を欲したのではないわ。事実、わたしは宇江神家の財産に手を付けていませんし、和一郎さんが遺した信託金の権利も放棄しました。あれらは、すべて華煉さんが手にすべきものなのです」

「存じております。目的は和意さんだったのでしょう？」

「……ええ」

わたしはうつむき加減になって認めた。

「年老いた先代が若い妻を娶《めと》るという構図は、先妻に義理立てした男に、自らが輿入《こしい》れする便宜上の理由でしかなかった。突飛な押しかけ女房といったところでございますね」

「主家夫人だなどと云われて。でも、それで災禍を呼び込んでしまったのかもしれない。わたしは斜陽の宇江神家を立ち直らせたかった。それが先代の望まれることでしたし、わたしがすべきことだと思ったのです。それで、新しく有望だと思われる人を雇いました。それが過《あやま》ちの始まりです」

「よからぬ者たちが入り込んだのでございますね」

「そのとおりよ。当主の和意さんに化けていた男、あれが主犯すべての元凶でした。巧妙に立ちまわり、古株の使用人たちを追いだした。そうして自由に動けるようになると、仲間を呼び寄せて、宇江神家の人たちを監禁した。計算違いだったのは、件《くだん》の信託金」

「だからこそ、宇江神家の方々を殺害できなかった」

先代は、大方の遺産を信託金として預けてしまっていた。受け取れるのは、和意様か、華煉様か、主家夫人の玲ヰ華様」

「先代が誰を指定したかわからない。本人確認がどのように指示されているのかもわからない。大金を得るため、入り込んだものたちは宇江神家の人々を生かし、宇江神家の人々としてふるまう必要があった。かりそめの家族として」

「偽りの宇江神家が出来上がったというわけでございますね」

「もっとも利用されたのがわたしなのです。愛用していた煙管に、阿片を仕込まれてしまって、あのころは、すっかり心が麻痺《まひ》していました。いいように操られ、傍から見れば、わたしもよからぬ者たちの一味で協力者に見えたかもしれません」

「狡猾《こうかつ》な手段でございます。しかし、誤算でもあったでしょう。主家夫人を薬漬けにしたものの、過ぎた手段が事故につながった。主家夫人の玲ヰ華様は記憶を失った」

「わたしは何者ともわからない状態になって、さらに利用されたのです」

「入り込んだものたちは、誤算に動揺しましたが、利用価値も見出した。そのまま記憶を失った主家夫人の玲ヰ華様という人物でいるより、一人娘の華煉様の役目を担《にな》ってもらった方が都合が良かった。これは、家族を装《よそお》う偽物の中に、一人娘の華煉という人物を担える若い女性がいなかったのが最大の理由でしょう」

「偽物の主家夫人は、いかにもそれらしい妙齢の女性でした」

「あの人物に、娘役は不適格でしょう。守原も年齢的には不適格です。驚くほど若い主家夫人という存在が、彼らにとって不可欠な娘役になり代わったのでございます」

「貴女は、気がついていたのではない？」

わたしは、事件当時から気になっていたことを聞いてみた。

『他の誰かではないとしたら？』

それは彼女によって繰り返された問い。

偽の主家夫人が殺害されたとき、彼女は入れ替わりの可能性について言及した。犯人に向け、どんなにか理路整然と否定されても、入れ替わりの疑惑は強く心に残ってしまうと示唆《しさ》する意図だったのだろう。

わたしに対しても証明が必要だと。首実検の意味とはそれなのだ。

そしてもうひとつの意味が込められていたにちがいない。

「死者の入れ替わりではなく、生者の入れ替わり――」

彼女は真の回答を口にする。

「――被害者本人が偽物であり、加害者もまたそれを承知していた。

ここに、被害者と加害者の間に奇妙な関係が生まれる。

すなわち、この事件は、入れ替わりによって身元を偽る者を、入れ替わられた者が葬る犯罪なのでございます」

「……どこで気がついていたの？」

「違和感は最初からありました。お嬢様に最初にお会いした時でございます」

「あの時に？」

彼女がやってきた最初の日が思い出された。

「わたくしは、香呂河家の紹介で参りました。あの家は、遠戚の宇江神家の様子をいぶかしんでいたのです。それで、それとなく様子を探ってくるようにと、あちらのお嬢様から頼まれていたのでございます」

「それで？」

「最初にお会いしたとき、お話に聞いていた華煉お嬢様より、少しだけ年上に感じられました」

「わたしは童顔で、年齢より若く見られます。そのせいで、娘役を押しつけられたわけですが、貴女には通じなかったのですね」

「ご家族の写真などは始末されていたので、確証は得られませんでしたが、ご本人かどうかは怪しいと考えました」

「思い出してみれば、貴女はわたしを名前では決して呼びませんでした。『お嬢様』という呼び方をしていたのは、疑っていたからですね」

「他にも怪しい点はございました。華煉様から香呂河家へあてた手紙では、主家夫人は左利《き》きであると読み取れますが、右手で煙管を持っていた。日常の所作をよく見ていると、右利きであるはずの華煉様が、左利きであるといった点です。また、以前に使用されていた衣装の寸法がことごとくあっていなかったのも違和感がありました。病によって痩せたとも考えられますが骨格が変化しているように受け取れたのです。それを説明できるのは成長期か、あるいは——」

「別人か？」

「可能性の一つとして」

「わたしが、入り込んだものたちの仲間だという可能性は疑わなかったの？」

「それは、事件の経過とともに否定されました。入り込んだ者たちは一味の証《あか》しとして、自らの胸に牡丹《ぼたん》の刺青《いれずみ》を刻んでいた。あの意匠はただの牡丹ではなく、牡丹芥子《げし》です。観賞用の芥子ですが、芥子の一種であることに変わりはありません。一味は阿片《アヘン》の取引にもかかわっていたのでしょう。しかし、お嬢様にはそれがなかった。だから、利用されているだけの人物であると判断したのでございます」

「刺青の無いものは一味ではないから、殺人の標的にもなり得ない。そう考えたのね」

「さようでございます。和意様は、食事係として世話をしていた九条に、交換条件で入り込んだものたちの始末を依頼した。あの男の心情は不可解なところもありますが——」

彼女は、そう言葉を濁してわたしを見た。

わたしは四阿を出ていったん家に戻ると、手文庫にしまっていたものを取り出して、再び四阿へ戻った。

「和意さんが遺《のこ》した手紙です。幽閉塔の中から見つかりました。そこにすべて書かれています」

わたしが渡した和意さんの手紙を、シズカさんは黙読して納得したようだった。

「お嬢様、そろそろおいとましようかと存じます」

「シズカさん、貴女は本当によくしてくださいました——」

わたしはずっと気になっていたことを聞いてみることにした。

「——貴女は、いったい何者なのですか？」

その問いを発したときも、彼女の表情は揺らがなかった。

「きっと、貴女は早い段階で、事件の構図に気がついていたはずです。わたしの容姿や年齢、華煉さんの手紙に書かれていた内容との不整合。牡丹芥子の刺青、そして何より、首のある顔のない死体が発見されたとき、あれが事件の責任を負って自殺した和意さんだと、わかったのではありませんか？　適合する人物を推理するのは、貴女にとって容易であったでしょう」

「どうでございましょうか？　わたくしは欺《あざむ》かれ、たびたび誤った方向へと考えをそらしました」

「いいえ、わかっていて貴女は黙認した」

「買い被《かぶ》りでございましょう」

「……偽の主家夫人の西洋煙管。あれがどうして阿片煙草だと、貴女は気がつけたのでしょうか？」

　その質問に、彼女は初めて沈黙した。

「通常とは異なる臭気がしたでしょう。しかし、それは阿片を知っているものでなければ、気がつけないはずではありませんか？　もしかして貴女は」

「お嬢様、不幸な出来事は終わったのでございます。わたくしが、お嬢様の側《そば》にいる理由はなくなりました。いえ、いるべきではないと云ったほうがいいでしょう」

　シズカさんは、わたしに和意さんの手紙を返した。

「貴女は――」

「お嬢様、亡くなられた和意様の遺志を継ぎ、宇江神家の女主人として、華煉様とともにお過ごしくださいませ。本当の家族となって、失った時間をひとつひとつ取り戻してゆかれるのです」

「シズカさん……」

彼女は一礼する。

「До свидания《ダスヴィダーニャ》（また会う日まで）」

宇江神和意の手紙

――わたしがここに書き遺すのは、わたしが行ったすべての責任を自分自身のものとして、他者に累《るい》が及ばぬようにするためだ。こうすることによって、わたしは宇江神家の当主としての責任をも全うできると信じる。

永らく商家として繁栄していた宇江神家に、影を落としたのは間違いなく、わたしという存在だったろう。残念ながら、わたしは父である宇江神和一郎が望むような商才には恵まれていなかった。

儲《もう》けを出すことに心血を注ぐ、父のような情熱も持ち合わせていなかった。わたしは気弱で、家を富ませる才はなく、ただ財を浪費するしかなかった。

父からの過剰な期待が重圧となり、わたしは心がすさむようになっていた。そんなときに救ってくれたのが妻だった。

妻の華《はな》は、著名な政治家の次女で、わたしとの結婚も政略の一環だったはずだ。それでも、わたしたちは惹《ひ》かれあった。家と家との付き合いからであったが、出会いに感謝して一緒になった。

わたしの人生に、はじめて光が灯《とも》ったようだった。華はなにくれとなくわたしを気遣い、支えてくれた。わたしも、それに応《こた》えようとがんばった。父の評価は芳《かんば》しいものではなかったが、それでもわたしたちは幸福だった。

いつか、子供ができれば、その子に未来をたくすこともできる。わたしは自身の能力にはあきらめもついていたが、希望は失っていなかった。

望まれたように、華が懐妊した。それを知った時の喜びは、たとえようもない。宇江神の未来をたくすことのできる子だ。父ですら、喜びを隠さなかった。

希望にあふれる日々の中、ついに華が出産する。生まれたのは女の子だ。わたしは変わらず喜んだが、父は不満そうだ。後継ぎとなる男子でなかったのが気に入らないのだろう。

しかし、喜びはそこまでだった。華は、産後の肥立ちが悪く、あっけなく他界してしまった。そのときの心痛は、言葉ではいいあらわせない。

わたしは魂の抜けたような生活を送った。父は憤慨していたが、もうどうでもよくなっていた。心痛を酒で誤魔化し、妻が生きていたころを思う日々。娘の華煉が成長し、妻の面影を映すようになると、いっそう想《おも》いは募った。

そんな失意の時に、父が自分の身の回りの世話をさせる使用人を一人雇った。わたしは最初に顔を合わせたとき、地味な女性だという印象を拭《ぬぐ》えなかった。控えめだが、輝いていた妻が心に残っていて、関心など湧《わ》かなかった。

失意の男を見かねたのだろう。父の雇った使用人は、わたしの世話もするようになった。親身な振る舞いは、いつしか荒《すさ》んだわたしを少しずつ癒《いや》していた。

彼女の名前は玲ヰ華といった。

惹かれあい、お互いを良く想うようになっていたが、わたしは妻が忘れられなかった。妻は特別な存在として、心の中にある。

玲ヰ華はそれをわかっていて、急ごうとはしなかった。わたしたちはゆっくりとお互いの関係を見つめあっていた。

そうしたときに、父が暴挙に出る。玲ヰ華を娶《めと》ると宣言したのだ。

父にしてみれば、無能な息子にこれ以上は家長を任せておけないと考えたのだろう。そうして、若い妻に、もう一度自分の子を期待した。

玲ヰ華が、そんな求めに応じるわけはないと、そう考えていたが、彼女はあっさりと承諾した。いわく、『わたしがあなたの妻になることは、あなたの亡くなられた奥様への愛情から考えて、あり得ないでしょう。でも、わたしはあなたと家族でいたいのです』

わたしには理解しがたかったが、それが彼女が望んだことだ。

父は、玲ヰ華を娶ったすぐ後に、病没した。老人の妄執は実らなかった。それと同時に、わたしは彼女と家族として過ごす生活を手に入れた。

宇江神家は斜陽であったが、日々はゆっくりと流れた。

主家夫人と呼ばれるようになった玲ヰ華は、宇江神家を思って、あれこれと女主人らしく立ち回り商売に精を出すようになった。新しく人を雇い入れ、宇江神家を支えようと奮闘するさまは涙ぐましいほどだ。

しかし、それが仇《あだ》となった。雇い入れた中に、おかしな連中が紛れ込んでいたのだ。人の良い玲ヰ華には、それが見抜けなかった。

入り込んだのは、巧妙に金満家から財を吸い取る盗賊たちだった。押し込みなどという乱暴な手段を用いず、少しずつ家に入り込んで太る寄生虫のような輩《やから》だ。

主犯格の男は表面上は非常に温厚で、良く目端が利《き》き、商売の差配がうまかった。玲ヰ華は番頭としてこの男を信用していた。だが、この男は曲者《くせもの》で、次第に家内に入り込んで、古株の使用人たちに悪意を植え付けていった。

使用人に対する、悪い噂話《うわさばなし》をつくり、それをこっそりと吹聴する。仕事の失敗を誘引したり、わざとできもしないことをやらせたりするのだ。そうして少しずつ不信感を醸成していく。互いを憎ませる土壌をつくっていく。あるとき、使用人のひとりが階段から転げ落ちて大怪我《けが》をした。怪我をした使用人は、誰かが背中を押したのだと云《い》った。

階上に立っていたのは古株の執事で、皆が執事が使用人を突き落としたのではないかと噂した。執事は否定したが噂は消えない。そのうちに、執事は耐えられなくなって辞めた。

今から思うと、ああした小さな出来事は、すべてが仕組まれたことだった。辞めていったものの代わりだと、主犯格の男に引き入れられて、怪しげな男女が入り込んだ。また古株の使用人たちは、あれこれと理由をつけて辞めていく。そのうちに、男の息のかかった者たちだけが残った。

そして、今度は玲ヰ華がおかしくなった。日中もぼんやりと煙管《キセル》を吹かすことが多くなり、次第に心ここに非《あら》ずといった、夢と現実の分別ができない状態になっていった。何か薬を盛られているのだ。ここにいたって、わたしはようやく事態の重大さに気がついた。

だが、すでに遅かった。主犯格の男は、主家夫人である玲ヰ華から言質《げんち》をとると、わたしたち父娘から自由を奪った。

宇江神家は乗っ取られた。

主犯格の男は自らが当主だと偽った。主犯格の男の情婦らしい女が主家夫人を名乗り、雇われたらしいごろつきの若い男が甥《おい》の五郎となった。もうひとりの若い女がもっともらしく使用人をして、九条という男が執事をする。偽物の宇江神家が出来上がった。

一味の詳細は不明であったが、どうも全員が同じ刺青《いれずみ》をしていることから——雇われた者にいたるまでその証しを刻んでいることからして——大きな犯罪組織の末端構成員であるらしかった。

わたしたちは幽閉塔に隔離され、どうすることもできなかった。玲午華は、すっかり心をなくしてしまっている。わたしたちが始末されないのは、信託金の存在があるからだ。

それが自分たちの手に入れば、盗賊たちは邪魔になったものを殺すだろう。そうなる前に手を打たないといけない。

わたしは食事係をしていた九条という男と話をした。最初は、彼らの情報を少しでも得るためだったのだが、九条は変わった男だった。

『正義を成さなければならない』

そんな考えに憑《つ》かれた男だ。奇妙な観念は、彼の家が強盗に襲われたことと無関係ではないと思われた。

盗賊の一味に加わっているのは、貧しい妹のためだ。警官の職を追われ、寄る辺のない彼は、自らがもっとも憎悪《ぞうお》する悪へと堕《お》ちるしかなかった。そして、そんな自分を激しく嫌悪していた。自らを滅することを望んでいるような男だ。

わたしは、そんな彼にひとつの提案をした。

宇江神家の財産と引き換えに、盗賊たちを始末してほしい、と。

　盗賊たちは、決してわたしや娘、玲ヰ華を自由にはしないだろう。彼らにとって、宇江神家は養分だ。警察に危急を報《しら》せる手段はなかったし、もしあったとしても信じてもらえるかは疑わしい。なにせ、宇江神家には偽の当主が居座っていて、それは本物よりももっともらしくふるまっているのだから。

　写真などはすべて始末しただろう。商売仲間でわたしを知る者はほとんどいない。商才のなさを負い目に感じて、積極的に家業にかかわってこなかったつけがまわってきていた。

　娘と、玲ヰ華を守るにはこれしかないのだ。

　ただ、殺人の依頼は重罪だ。

　そして、九条の信条からしても、これ以上の悪行を請け負うとは思えない。そこで、わたしは約束した。

　もし、盗賊たちを始末してくれるのならば、その罪を背負って、わたしは自らの命を絶つと。そう伝えた。これはひとつの家族を救うための行いなのだ。他に手段はない。殺人でしか、救えぬものがあるのなら、その罪は喜んで背負う。

　九条は驚き、さらに迷っている様子だった。彼は、それだけの価値があるのか、玲ヰ華に、それとなく接触したようだ。

玲ヰ華は、盗賊たちに仕込まれた阿片の影響で、記憶を失っていたという話だが、それでも彼女はやはり彼女のままであった。九条は、自らの正義を行う対象、その証明を行う人物にふさわしいと感じたようだ。

彼は請け負うと約束した。宇江神家の財産の一部を妹へ渡すこと――それは遺言書として娘の華煉に託した――そしてわたし自身の命と引き換えに、委託殺人は成立する。

今、わたしのもとに偽物の玲ヰ華の首が届けられた。わたしはそれを確認して、九条の覚悟が本物であり、事後に憂《うれ》いはないと判断した。

今後の確認と証明は、華煉と玲ヰ華に対して行われるだろう。そうした役目を担《にな》わせるのは心が痛むが、九条は誓約として実行するはずだ。

だから、わたしは約束通り自らの命を絶つ。

九条が信じるように、悪は裁かれる。わたしは殺人を依頼した真犯人として、この命をもって贖《あがな》うのだ。

この幽閉塔の二階から、堀に向かって飛び降りれば、水面に突き出す、何本もの杭に貫かれ、わたしは落命するだろう。

九条には、わたしの死体さえ利用するように云ってある。顔をつぶし、その正体がわかるものにだけ提示される伝言として。やつらは恐怖するだろう。

さあ、もうわたしは妻のもとへ行く。

躊躇《ためらい》はない。むしろ、妻に逢いに行けるのは願ってもないことだ。きっとわたしはこうなるべく定められていたのだ。

玲丰華、すまない。わたしは君の気持ちに完全に応えることができなかった。ゆるしてほしい。ひとときであっても、君が家族になってくれて良かった。

どうか、娘を頼む。

宇江神和意

本書は新潮文庫のために書き下ろされた。

デザイン　鈴木久美

首《くび》無《なし》館《やかた》の殺《さつ》人《じん》

新潮文庫　つ - 37 - 2

平成三十年十月一日発行
令和四年十月十五日四刷

著者　月《つき》原《はら》渉《わたる》

発行者　佐藤隆信

発行所　株式会社新潮社
郵便番号　一六二―八七一一
東京都新宿区矢来町七一
電話　編集部(〇三)三二六六―五四四〇
　　　読者係(〇三)三二六六―五一一一
https://www.shinchosha.co.jp

価格はカバーに表示してあります。

乱丁・落丁本は、ご面倒ですが小社読者係宛ご送付ください。送料小社負担にてお取替えいたします。

印刷・錦明印刷株式会社　製本・錦明印刷株式会社

ISBN978-4-10-180138-4 C0193